고백루프

고백루프

초판 1쇄 발행 2024년 4월 5일
초판 2쇄 발행 2024년 6월 21일

지은이 • 박서련
펴낸이 • 김종곤
편집 • 이혜선
조판 • 이주니
펴낸곳 • (주)창비교육
등록 • 2014년 6월 20일 제2014-000183호
주소 • 04004 서울특별시 마포구 월드컵로12길 7
전화 • 1833-7247
팩스 • 영업 070-4838-4938 | 편집 02-6949-0953
홈페이지 • www.changbiedu.com
전자우편 • contents@changbi.com

ⓒ 박서련 2024
ISBN 979-11-6570-249-6 43810

 창비교육 성장소설 시리즈는 '성장'을 고리로
소통과 공감을 이끌어 내는 이야기를 담아냅니다.

고백
루프

박서련 소설집

창비

♥ 차례

1부

솔직한 마음

학교에서 자다가 악몽을 꾸면 반 아이들이 다 내 꿈을 보고 있었을 것 같은 느낌이 든다. 팔과 다리를 움칫거리며 깨는 것도 쪽팔린다. 아, 또 깼네. 몸에 힘이 영 들어가지 않아 지금 이게 현실인지 아닌지 헷갈리기도 한다. 그렇지만 당연히 현실이겠지. 악몽보다 더 기분 나쁜 현실. 고개를 들고 앉아 있는 것보다는 엎드려 있는 편이 훨씬 낫다. 누구의 시선도 정면으로 받아 내지 않아도 되니까.

칠판을 마주한 상태에서 맨 오른쪽 줄 가장 뒤 자리. 내 자리. 몸을 일으키지 않고 그대로 엎드린 채 얼굴에 붙은 수학 교과서를 손가락으로 조심스레 밀어 떼어 낸다. 긴 악몽을 꿔서 꽤 오래 잔 줄 알았는데 그렇지도 않은가 보다. 수학 선생님의 목소리가 귀를 쿡 찌른다.

"쟤는 뭐냐? 기말고사 얼마나 남았다고. 정신 못 차리지."

선생님, 저 안 자요. 좀 전부터 깨 있었어요. 아이들이 키득키득 웃는다.

"쟤는 자도 된대요. 걸 그룹이잖아요."

"걸 그룹이고 걸 그룹 할아버지고 간에 수업 분위기 흐리지 말고 일어나라고 해."

흔들어서든 찔러서든 나를 깨워야 할 짝꿍은 그 말을 들은 체 만 체 한다. 나는 속으로 하나, 둘, 카운트를 넣으면서 알아서 몸을 일으킨다. 쭉 뻗었던 팔을 당겨 팔꿈치로 책상을 디디면서 어깨를 세우고, 무슨 일 있었느냐는 듯 생긋 웃고, 나머지 한 손으로 이마를 쓸어 앞머리를 넘긴다.

네, 저 아이돌이에요. 웃는 얼굴에 침 못 뱉겠죠?

말하자면 그런 퍼포먼스.

선생님은 다시 칠판을 향해 돌아선다. 나를 바라보던 아이 몇몇이 토하는 흉내를 내며 눈을 돌린다. 몇몇은 책상 밑에서 손이 바빠진다. 자기들끼리 메시지를 주고받거나 어디 인터넷 커뮤니티 같은 곳에 내 행실을 전하고 있는 거겠지.

다 알아. 그러니까 아닌 척하지 마.

마지막까지 나를 바라보던 한 아이를 마주 본다. 책상에 양 팔꿈치를 모두 기대고 어깨를 구부정하게 만든 채로 고개만 돌려 나를 보던 아이. 가운데 줄, 뒤에서 세 번째, 그러니까 교실

거의 한복판에 앉아 있는 아이. 내가 '원따'라고 부르는 애.

도대체 왜 모르는 척하는 거야? 그렇게 빤히 볼 거면서.

내 눈빛을 읽었는지 원따는 시선을 거둔다.

참고로 원따는 '원래 왕따'라는 뜻으로 내가 붙인 별명이다. 내가 왕따가 되기 전까지는 걔가 왕따였기 때문이다.

당연히 소리 내서 원따라고 말해 본 적은 없다. 세상에 진짜로 '원래' 왕따 같은 게 있을 리 없잖아.

반대로 원래부터 사랑받게끔 타고난 사람들은 있는 것 같다. 나는 그게 나인 줄 알았다.

그룹에서도 막내 포지션이었다. 못해도 중간은 가는 막내. 팬들도 제일 좋아하는 멤버와 함께 한번씩들 더 챙겨 주고 신경 써 주는 막내.

객관적으로 우리 그룹이 썩 잘나가는 편은 아니었다. 1년에 하나씩, 미니 앨범 세 번 내는 동안 최고 성적이 가요 순위 프로그램 20위권 정도였으니까. 그래도 팬 미팅을 소집할 때는 소극장 전세를 냈으니까 완전 망한 그룹이라고 하기도 애매하긴 하다. 나는 그 정도가 좋기도 했다. 미친 듯이 뜨면 그건 그것대로 좋은 점이 있겠지만, 엄청 잘나가는 것도 못 나가는 것도 아닌 그룹에서 막내 포지션인 게 편했다.

소속사의 매니지먼트 팀장님이 사랑받는 상태를 자연스럽

게 받아들이는 것도 재능이라고 했다. 정말 그게 재능이라면 나는 타고난 셈이었다. 내가 사랑받는다는 게 전혀 어색하지 않았다. 운도 꽤 따라 주는 편이라고 할 수 있었다. 안티를 모을 만큼 인기가 있지는 않은데 팬층은 나름대로 돈독해서 그럭저럭 팔리는 걸 그룹의 막내.

당연히 가만히 앉아서 사랑받기만을 기다리지는 않았다. 이렇게 되는 것도 거저 되는 게 아니란 얘기다. 나는 초등학생 때부터 연습생 생활을 했고, 죽자 살자 매달린 끝에 5년 만에 데뷔조에 합류했다.

중학교 3학년 봄.

데뷔 무대는 평생 잊을 수 없을 거다. 잘 모르는 사람들이 나를 향해 환호하는 기분을 처음으로 맛본 순간이니까.

그때만 해도 그 환호들이 모두 악플로 바뀔 거라고는 상상도 하지 못했으니까.

쉬는 시간.

전혀 움직이고 싶지 않지만 몸을 일으켜 윈따에게 다가간다.

"우리 매점 갈까?"

친한 척하며 말을 건다. 윈따는 손이 느리다. 꿈지럭꿈지럭 수학 교과서를 책상 서랍에 집어넣고 다음 시간 교과서를 꺼낸다.

"매점 가자, 응? 내가 살게."

양손을 허리 뒤로 모으고 어깨를 흔들며 애교를 부린다. 원따는 아주 무거운 것을 드는 것처럼 끙 하면서 일어난다.

"화장실 가야 돼."

"아, 정말? 같이 가자. 나도 갈래."

웃으며 내가 건넨 말에 원따는 도로 자리에 앉는다.

"나중에 가야겠다."

주위에서 아이들이 키득키득 웃는 소리가 들려온다.

조금 굴욕적이긴 하다. 내게도 자존심이라는 게 있으니까. 그렇지만 이만한 일로 폭발할 수는 없다. 학교 밖에서 내가 3년 간 겪은 일 중에는 이보다 더한 것도 분명 있었다.

그래도 순간 눈물이 핑 도는 건 어쩔 수 없다. 눈을 한껏 크게 떠 눈물을 말리면서, 허리를 낮추어 원따의 책상에 턱을 괸다.

"내가 매점 가서 뭐 사다 줄까? 딸기 크림빵 좋아해?"

원따는 신중한 태도로 샤프심을 샤프에 넣는다. 똑똑똑. 샤프심 나오는 소리가 인내심을 두드리는 것 같다.

"아, 눈치 있으면 좀 꺼지지. 싫다는데 계속 매달리고 난리네."

"야, 주어 조심해. 고소하시면 어떡해."

"주어 없는데?"

주위에서 몇몇 아이가 이런 말을 한다. 웃음소리가 온 교실

에 퍼진다. 난 괜찮아. 주어 없다고 했으니까 나는 아니잖아. 그
렇지? 나는 허리를 펴고 똑바로 일어나 원따를 보면서 생각한
다. 원따는 샤프심을 고르는 척하면서 은근슬쩍 내 표정을 살피
고 있다. 신기하게도 원따는 내가 눈으로 무슨 말을 하는지 이
해하는 것 같다. 나도 원따가 눈으로 하는 말을 알아들을 수 있
기 때문이다.

제발 네 자리로 돌아가. 나 좀 그만 괴롭혀.

하지만 나는 원따의 부탁을 들어줄 수 없다. 내게도 방법은
이것뿐이다. 나는 수업 시작을 알리는 종소리가 울릴 때까지 원
따의 책상 앞에서 버티다가, 앞자리 아이에게 밀쳐지면서야 자
리를 뜬다. 매번 이렇게 된다는 걸 알면서도, 이따 또 올게, 같은
속없는 소리를 흘리면서.

한 달 전, 그러니까 폭로전이 벌어진 직후 처음 등교한 날이
떠오른다. 엄마 아빠를 붙잡고 학교에 가기 싫다고 떼를 썼다.
아이들이 나를 반기지 않을 거라는 예감이 있었기 때문이다. 정
확히 무슨 일이 벌어질 줄은 예상하지 못했지만.

학교에 자주 가지 못했고 가도 오래 있지 못했기 때문에 완전
친한 친구는 사귈 틈도 없었지만, 그래도 매번 아이들에게 둘러
싸인 채로 하루를 보냈다. 아이돌 누구랑 친해? 그 배우 실물 본
적 있어? 팬들이 선물로 뭐 사 줬다던데 사실이야? 그런 질문들

이 쏟아졌고, 하나하나 웃으며 답해 주는 과정은 작은 팬 미팅이나 다름없었다. 내 한마디 한마디에 아이들은 열광했다.

나 스트리밍 맨날 해. 뮤비 조회 수 올려 주려고 새로 고침 눌러 가면서 봐. TV에서 너네 그룹 나오면 쟤 내 친구라고 자랑해.

고마워, 얘들아. 너희밖에 없어 정말.

아이들이 자기 공로를 내세울 때마다 나도 그렇게 답했다. 그중에 이름을 제대로 아는 애도 별로 없으면서.

사태 이후에도 똑같으리라고 기대하는 마음은 당연히 없었다. 나도 내 머리가 별로 좋지 않다는 건 알지만 그 정도로 멍청하지는 않다. 그래서 학교에 가기 싫었다. 그런데 엄마 아빠는 지금 같은 때일수록 출석 일수를 잘 챙겨야 한다고 우겼다. 평생 연예인 할 것도 아니잖니? 졸업 무사히 하고 대학도 가야지.

모르는 소리. 나는 평생 연예인일 거야. 지금까지 방송 활동한 것만으로도 대학은 어떻게든 갈 수 있을 거고, 대학에 가서는 연기 활동을 병행하다가 아예 배우로 전향할 거다. 이 사태만 어떻게든 조용히 넘긴다면 그럴 수 있다.

어쨌든 출석 일수를 채워야 한다는 말은 반박하기 어려워서 꾸역꾸역 등교했다. 먹기 싫은 것이 입안에 들어왔는데, 뱉을 수가 없어서 씹지도 않고 억지로 삼키는 것 같은 기분으로.

의외로 교문에서 교실까지는 아무 일도 일어나지 않았다. 그런데 교실 뒷문을 열자마자 아이들이 마법에 걸린 것처럼 일제히 조용해졌다.

그래도 웃는 얼굴에 침 못 뱉는다는 말이 생각나서 얘들아, 안녕 하며 웃었다. 분위기가 더 차가워졌다. 그대로 계속 서 있을 수도 없어서 웃으며 걸어가 자리에 앉았다. 태연한 척하느라 앉아서도 허리를 꼿꼿이 세운 채 웃음을 머금고 있었는데, 누가 이렇게 말했다.

"미친년, 누가 가해자 아니랄까 봐 계속 쪼개네. 소름 끼쳐."

아주 조용했기 때문에 꽤 멀리서 나온 듯한 그 작은 목소리가 내 귀에도 똑똑히 들렸다.

우리 그룹의 메인 보컬 언니는 데뷔조 결정 직전에 합류해서 연습생 생활이 가장 짧았다. 대외적으로는 6개월이라고 했지만 실제로는 3개월 정도. 그러니까 데뷔 곡이 나올 즈음 들어온 셈이다.

매니지먼트 팀장님은 새 멤버를 데려온 이유가 딱히 기존 멤버들이 노래를 못해서는 아니라고 설명했다. 데뷔 곡이니만큼 깊은 인상을 남겨야 하니까 고음이 강력한 곡을 샀는데, 그 어려운 곡을 충분히 소화할 능력이 있는 사람이 필요했다고. 좀 더 좋게 들리지만 그냥 같은 말이라고 생각한다. 메보 언니 빼고 다 노래 실력 별로인 거 사실이니까.

실제로 메보 언니가 들어오기 전에 파트 나눠서 데뷔 곡 연습 녹음을 해 봤는데 보컬 소화력이 다 너무 절망적이긴 했다.

새 메보의 등장에 기존 메보 겸 센터 포지션이었던 언니는 한동안 엄청나게 불안해했다. 5인조니까 자기를 뺄 거라고. 우리는 그럴 리가 없다고 언니를 위로했다. 어떻게 센터를 빼고 데뷔하겠느냐고. 새 메보가 '솔직히' 노래를 잘하는 것도 사실이지만 '솔직히' 언니가 제일 예쁘니까 센터인 거 아니냐고. 그렇게 위로하면서도 언니의 말처럼 누구 한 사람을 뺀다면 그게 자기가 될까 봐 솔직히 불안해하는 마음이 다들 있었다. 나만 빼고. 새 메보가 나보다 세 살이나 많으니까 적어도 막내 포지션은 안전하겠지, 했다.

결과적으로 누가 빠지는 일은 일어나지 않았다. 우리 그룹은 6인조로 데뷔했다. 예술 고등학교에서 뮤지컬을 전공하고 있다던 메인 보컬 언니는 짧은 연습생 생활이 믿기지 않을 만큼 빠르게 적응했다. 안무 동선을 완벽하게 파악했고 데려온 보람이 충분하게 고음 파트를 소화해 냈다.

언니랑 친했느냐고 하면, 크게 끄덕이지는 못하겠지만, 적어도 같은 그룹 멤버여서 든든했다고는 할 수 있다.

그게 사실이니까.

그런 메보 언니가 그룹 내 왕따 폭로 글을 올렸다는 소식을 들었을 때는 솔직히 코웃음이 나왔다. 우리 그룹에 무슨 왕따가 있었다고 그래. 나는 5년이지만 서브 보컬 언니는 연습생 생활만 7년을 했다. 각자 연차 차이는 조금씩 있지만 적어도 3년 정도는 다들 한솥밥 먹으며 연습한 사이여서 모두 각별하고 돈독했다. 그런 우리 그룹에 왕따가 있다니 말이 되는 소리를 해야지. 메보 언니가 말하는 왕따란 언니 자신이라는 걸 알게 될 때까지는 그런 생각뿐이었다.

점심시간.

나는 급식을 먹지 않는다. 아무리 활동이 없는 시기라지만 관리는 꾸준히 해야 하기 때문이다. 방울토마토와 고구마와 렌틸콩으로 구성된 도시락을 책상에 꺼내 두고 아이들이 교실에서 전부 나갈 때까지 버틴다. 반 아이들 중 절반 정도는 선생님보다도 먼저 교실을 뛰쳐나가지만 나머지는 친구들끼리 모여서 가려고 서로를 기다려 준다.

나는 늘 아이들이 어떻게 무리 지어 나가는지를 끝까지 지켜본다. 원따는 언제나처럼 아이들 틈에 섞이지 못하고 맨 마지막으로 교실을 나선다. 나는 원따가 나가기 직전까지 나를 의식하는 것을 안다. 그 때문에 급식을 신청할까 진지하게 고민하기도 했다. 결국 그러지 않은 이유는 급식실에 가면 내가 새 왕따, 우리 반만의 왕따가 아니라 전따, 우리 학교만의 전따가 아니라 전국구 왕따라는 사실이 아주 적나라해질 것 같아서다. 고민 끝에 급식을 신청했더니 원따가 나랑 같이 밥 먹기를 거부한다면 식판을 든 나는 어디로 가야 좋을지 헤매게 될 거고 전교생이 나를 보며 키득키득 웃을 테니까. 더 운이 나쁘면, 그런 상태로 찍힌 사진이 길이길이 남을 테니까.

그게 너무 이상하게 느껴진다. 원따는 왜 나를 싫어할까. 이제는 왕따가 아니라고 해도 어차피 여전히 친구가 없으면서, 왜 나와 친해지기를 거부하는 걸까.

사람들 말처럼 내가 가해자라서?

그래도 가해자의 도움을 받을 만큼 궁하지는 않다는 건가.

메보 언니는 데뷔 직전 비공개 오디션으로 그룹에 합류한 자기가 공공연히 '낙하산'이라 불렸다고 했다. 나도 언니가 그렇게 불리는 걸 두어 번 들은 적 있다. 그렇지만 그건 그야말로 데뷔가 초읽기였을 때뿐이었다. 그래도 원년 멤버들 입장에선 언니가 굴러온 돌이나 마찬가지니까 감정이 없을 수는 없잖아. 그걸 가지고 왕따를 당했다고 하면 어떡해. 애초에 그런 말이 나온 건 아주 초기 잠깐뿐이고, 나름대론 성공적으로 치른 데뷔 무대 이후에는 쏙 들어갔다.

또 메보 언니는 센터 언니한테서 나대지 말라는 경고를 여러 차례 받았다고 했다. 솔직히 나는 센터 언니 입장에 감정 이입하기가 더 쉬웠다. 센터 언니가 연습생 생활도 길고 평소 자기

관리도 더 열심히 해 온 편이니까. 그런데도 메보 언니가 더 인기가 많은 건 회사 사람들 모두에게 여러모로 미스터리였다.

예능 프로그램 단독 출연 섭외 횟수도 메보 언니가 압도적으로 많았다. 메보 언니의 개인기가 좋은 반응을 얻은 덕에 우리 그룹이 다 같이 섭외를 받은 적도 꽤 있어서 그건 고맙게 생각했다. 그때 멤버들이 개인기를 선보이라고 호응해 준 것을 메보 언니는 강요와 압박이라고 표현했다. 자기가 망가지는 걸 보며 다들 즐거워했다고 썼다.

언니의 폭로문에 내가 아는 이야기만 있는 것은 아니었다. 잘 몰랐던 사정이 언니의 글 덕분에 분명해진 부분도 꽤 있었다. 무대 의상을 망가뜨려서 콘셉트에 맞지 않는 옷을 입고 무대에 오르게 한 것, 가방에 다른 멤버 소지품을 넣어 놓고 손버릇 나쁜 사람으로 몰아간 것, 어느 멤버의 생일날 케이크에 초를 꽂으면서 빨리 라이터 꺼내 보라고 담배 피우지 않느냐고 조롱한 것 등등.

솔직히 불쌍하다는 생각이 들긴 했다. 캐스팅이 됐고 그냥 열심히 했고 사랑도 꽤 받았는데 같은 그룹 멤버들한테는 별로 인정을 못 받았다는 게. 나는 전혀 모르던 일들이지만 괴롭힘도 꾸준히 받아 왔다는 게. 게다가 언니는 데뷔할 때 지금의 나와 같은 열여덟 살이었다. 상처받기 참 쉬운 나이.

그런데 햇수로 3년 활동하는 동안 꾸준히 항우울제, 항불안제 등을 먹으면서 그만 살고 싶은 충동과 싸워 왔다고, 이제는 정말 그만두고 싶다고 하면 우리가 뭐가 돼. 우리가 살인마야? 아니, 우리까지 갈 것도 없이, 나는 뭐가 되느냐고. 아무것도 모르는 막내였는데 나까지 덩달아 방관자, 가해자가 됐잖아.

모든 인터넷 언론사가 메보 언니의 SNS 글을 받아 적어 기사로 냈고 우리와 관련된 모든 콘텐츠가 악플로 도배되었다. 우리의 데뷔 영상, 센터 언니의 브이로그 영상, 폭로문에 나온 예능 출연 영상. 소속사에서는 부랴부랴 해명문과 멤버들 이름으로 된 사과문을 마련해 올렸지만 아무도 눈여겨봐 주지 않았다. 사과문도 제대로 못 쓰는 회사라는 욕만 먹었다.

팬은 꽤 있지만 안티는 없었던 우리 그룹은 그렇게 망했다.

안티가 생겨서가 아니라, 언니를 따돌린 죄로 우리야말로 국민 왕따가 되어서.

얼마 전에는 모르는 번호로 오픈 채팅방 링크를 받았다.

2학년 3반, 그러니까 우리 반 단톡방 링크라고 적혀 있었다. 나는 한 번도 반 단톡방에 들어가 본 적이 없었다. 연습생 때부터 내내 학교 측에 양해를 구하고 출석부에 내 전화번호를 기재하지 않기로 해서일 것이다. 그래서 의심을 전혀 못 했다. 오히려 아이들이 드디어 날 받아 주기로 한 줄 알고 반가워하며 링크를 클릭했다.

들어가 보니 인원이 99명인 방에서 사람들이 모두 나를 욕하고 있었다. 무대나 예능 영상에서 굴욕적으로 나온 부분을 캡처해 올리면서 돼지라고, 성괴라고, 방관자라고, 가해자라고 욕했다.

나가기 버튼을 누르고 싶었지만 손이 떨려서 그러지 못했다. 고소 각이 나오는 메시지를 일부라도 캡처해야겠다는 생각이 들었지만 새 메시지가 너무 많이 쏟아져서 스크롤이 미친 듯한 속도로 올라갔다.

고소할 거예요.

당신들 고소할 거라고요.

메시지를 다 읽지도 못해서 답장도 아니고 뭣도 아닌 메시지를 겨우 보냈다. 몇 명인가 나가고 채팅 속도가 느려지는가 싶더니 또 다른 사람이 들어와서 정원이 다 찼다. 그러니까, 똑같았다.

회사에 가져가서 매니지먼트 팀장님에게 보여 줬더니 팀장님이 나를 대신해 나가기 버튼을 눌렀다.

뭐 하시는 거예요? 저장해서 고소해야죠.

회사에서는 그 단톡방에 있던 사람들에게 법적 대응을 할 수 없다고 했다. 참가자가 100명 가까이 되니 전부 다 우리 반 아이들은 아닐 테지만 그중 정말 우리 반 아이가 포함되어 있다면 결코 좋은 모양이 아닐 거라고 했다.

그냥 잊어버리라고 팀장님은 말했다.

잊어버릴 수 있겠느냐고는 묻지 않았다.

오랜만에 학교에 가면서 솔직히 이런 기대도 조금은, 아주 조금은 품고 있었다. 그래도 어쩌면 한두 명쯤은, 도대체 정확히 무슨 일이 있었던 건지 물어봐 줄지도 모른다는 기대. 어차피 내가 뭔가 털어놓자마자 아 진짜? 하면서 인터넷에 바로 올려 버릴 게 뻔하니까, 죄다 말해 줄 생각은 애초부터 없었지만, 누가 물어만 봐 주면 그거 다 오해라고 하면서 우는 모습 정도는 보여 줄 생각이었다. 딱 한 명만 내게 말을 걸어 준다면 나는 그 앞에서 울어 줄 수 있고, 울고 나면 분위기가 바뀔 거라고. 적어도 우리 반만은. 우리 학교만은. 우리 동네만은.

어림도 없는 생각이었다. 우리 그룹은 왕따 가해자 걸 그룹이 되었고 나 또한 가해자가 되었는데, 아무도 내게는 어떻게 된 일인지를 물어봐 주지 않았다. 오히려 모두, 내 말을 들어 주지 않는 게 정의라고 믿는 것 같았다.

다음으로 떠올린 것이 원따와 친해지는 작전이었다.

활동 기간 동안 띄엄띄엄 출석하면서 지켜본 결과 원따는 계속해서 왕따였다. 초등학교 4학년인가 5학년 때부터 쭉 왕따였다는 얘기를 들은 기억이 있었다. 옷을 물려주듯이, 공을 패스

하듯이, 이전 학년에서 다음 학년으로 그 애에게 왕따 자리를 물려줬다. 내가 연습생을 시작한 시기 무렵부터 내내.

왜였을까?

옷을 잘 못 입고 다녔나? 아니면 공주병이었나? 머리가 너무 나빴나? 오히려 너무 좋아서 재수가 없었나? 반 대항 시합에서 실수를 저질렀나? 학기 초에 친구를 못 사귀었나? 이간질쟁이였나? 눈치가 없었나? 욕심이 많았나?

먼저 누굴 왕따시키다가 도리어 왕따가 됐나?

생각해 본 이유 중 무엇도 그렇게 오랫동안 따돌림을 당해야 할 만큼 그럴듯하지는 않았다.

그러니까 원따도 그만큼 간절히 새 친구를 사귀고 싶을 거라고 생각했다. 원따랑 친하게 지내는 내 모습을 보면 다른 아이들도 내가 왕따 가해자 같은 건 아니라는 걸 알아줄 거라고 믿었다.

아이들이 바보가 아니라는 걸 나도 안다.

원따도 바보는 아니다.

나는, 나도 바보가 아니라고 하고 싶지만, 그 애들을 다 합친 것만큼 똑똑할 수는 없다. 그래서 이것 말고는 방법이 떠오르지 않으니까 계속하는 거다. 쉬는 시간마다 원따에게 다가가서 친한 척하는 거. 집에 가는 길에 따라가는 거. 같이 가는 거라고 하고 싶지만 방향이 금방 갈라지는 데다 대화도 나누지 않기 때문에 같이 가는 건 좀 아닌 것 같다.

내가 걔를 따라가려고 얼마나 무리하는지 안다면 걔가 나를 불쌍하게 여겨 줄까?

사태 이후 학교에 간 첫날에는 엄마 차를 타고 하교했다. 기자들이 하굣길에 말을 걸 수도 있으니까. 그다음 날부터는 엄마한테 데리러 오지 말라고 했다. 중요한 일이니까 제발 내 부탁 들어 달라고. 우리 집이 학교에서 엎어지면 코 닿을 데 있으니까 어려운 일도 아니지 않느냐고.

걱정대로 기자들이 말을 걸기도 했다. 이틀 정도? 다른 언니한테도 기자들이 붙었는지 연락해 보았는데 언니들은 아예 집 밖으로 나가지도 않아서 모른다고 했다. 좋겠다. 나도 학교 안 가도 되면 좋겠어.

기자들이 별로 귀찮게 굴지 않은 게 묘하게 속상하기도 했다. 나는 그렇게 중요한 멤버가 아니라는 뜻일 테니까. 어쩌면 메보 언니의 폭로 글에서 별로 비중 있게 등장하지 않아서 딱히 궁금한 게 없었을지도 모른다. 아니면 소속사에서 나머지를 다 커버하고 있거나. 요새는 워낙 인터넷 언론의 시대여서 직접 취재는 별로 안 하는지도 모르고.

대신 메보 언니의 팬들이 찾아오기 시작했다. 누군가의 팬을 알아보는 건 별로 어렵지 않다. 옷이나 모자나 가방, 액세서리

등에서 자기가 좋아하는 멤버 관련 굿즈로 티를 내니까. 메보 언니의 팬들이 나에게 무슨 짓을 하지는 않았다. 적어도 아직까지는 그렇다. 언니의 팬들은 그저 내가 집에 가는 길을 묵묵히 지켜본다. 왜 그랬어? 언니가 당할 때 너는 뭐 했어? 지금 기분이 어때? 그렇게 묻는 듯이.

그게 무섭다.

하교 시간.

수업이 끝날 때마다 드디어 오늘도 끝났다, 하는 생각이 든다. 매일 이렇게 작은 끝이 반복되는데, 그 끝의 반복에도 과연 끝이 있을까 궁금하다.

나는 마치 아이들이 나를 향해 인사를 건네준 것처럼 웃는다. 이런 식으로 웃음 지으려고 얼마나 오래 연습했는지 모른다.

원따는 점심시간에 그러듯이 아주 늦게야 자리에서 일어난다. 나는 가방을 휘두르듯 넘겨 뒤로 메고 종종걸음으로 원따를 따라나선다. 원따는 걸음이 워낙 느려서, 속도로는 나를 따돌리지 못한다.

뭔가 건넬 말이 없을까. 교문을 나서기까지 나는 원따와 나란히 걸을 뿐 아무 말도 하지 못한다. 하굣길에는 매점을 가잘 수도 없고 나는 애초에 군것질을 좋아하지도 않으니까. 나는 왜 머리가 별로 안 좋을까. 왜 건넬 말 한마디가 떠오르지 않을까.

"네 생각 다 들여다보이는 거 알아?"

원따가 내게 먼저 말을 거는 것은 처음이어서 정말이지 처음에는 내게 하는 말이 아닌 줄 알았다.

"무슨 생각?"

잠시 멈춰 있다 종종걸음으로 따라가자 원따는 한숨을 푹 내쉰다.

"나한테 잘해 주면 반 애들이 너 봐 줄 거라고 생각하잖아."

정곡을 찔려서 할 말이 없다. 그게 웃긴다. 원따랑 얘기할 기회만 생기면 나한테 푹 빠지게 할 자신이 있었는데, 막상 대화를 시작하니까 할 말이 없는 게.

"그럼 안 돼?"

한참 만에 내가 찾은 대답은 겨우 이 정도다.

"내가 너랑 친하게 지내면 너한테도 좋은 거 아니야?"

왜냐하면 너는 원따니까. 원래 왕따였으니까. 이 말이 앞니까지 달려 나왔다가 겨우 들어간다. 그래도 그건 예의가 아니라는 것쯤은 나도 아니까. 원따가 걸음을 멈추고 나를 똑바로 바라본다.

"나 이용하려는 거잖아."

그러면 안 돼? 서로 윈윈인데 왜 안 돼?

"원하는 건 뭐든 줄게. 그냥 학교에서 나랑 잘 지내는 척만 해 줘. 뭐 필요해? 아이돌 소개해 줄까? 나 돈도 좀 있어. 엄청 많진 않지만 갖고 싶은 거 사 줄 정도는 돼. 아니다. 혹시 연예인 되고 싶어? 우리 회사 들어오고 싶으면 내가 잘 말해 줄 수도 있어."

나는 원따가 하나에라도 혹하길 바라면서 벅찬 조건들을 줄 줄 늘어놓는다. 좋다고 말해. 단 한마디만 해. 그러면 내가 부른 조건들을 모두 요구해도 다 들어줄 수 있다. 원따가 고개만 한 번 끄덕여 줘도 그럴 수 있다.

"아니라고 해야지."

원따는 그렇게 말하고 한동안 아무 말 없이 나를 바라만 본 다. 나도 말문이 턱 막힌다.

"나도 너한테 떳떳하진 않아."

한참 만에 다시 입을 연 원따는 휴대폰을 들더니 어딘가로 전 화를 건다.

울리는 건 내 휴대폰이다.

학교에서 자면 불편해서 그런지 악몽을 꾸기가 쉽다. 나는 자주 같은 꿈을 꾼다. 사람들이 다 나를 욕하고 미워한다. 그 채 팅방에서 그랬듯이. 메보 언니의 글을 받아 적은 인터넷 기사 댓글란마다 그렇듯이. 거기까지만 나오면 악몽이 아니다. 그건 그냥 현실과 딱히 차이도 없으니까.

악몽이 되는 건 그다음부터다.

갑자기 사람들이 태도를 바꾸어 나를 사랑한다고 말한다. 그

동안 미안했다고, 사실은 다 오해라는 걸 알고 있었다고 한다.
많이 힘들었느냐고 묻는다.

그런데 나는 그중 무엇도 진심이 아니라는 걸 안다. 내 손을
잡으려고, 나를 껴안으려고 다가오는 사람들 앞에서 나는 뻣뻣
하게 굳어 버린다.

그래서 이 꿈은 악몽이다.

사랑받는 상태를 자연스럽게 여기는 내 재능이 사라졌다는
걸 알려 주는 꿈.

"내 번호 어떻게 알아?"

"단체 채팅방에 너 초대한 게 나야."

원따는 교무실에 들어가 내 휴대폰 번호를 알아낸 방법을 차
근차근 설명했지만 내 귀에는 잘 들어오지 않는다. 그런 건 별
로 중요하지도 않다. 하고 싶은 말만 입안에 가득 차 소용돌이
치는 것 같다.

왜 그랬어?

원래 나를 싫어했어? 메보 언니 팬이었어? 애들이 시켰어?
그렇게 하면 애들이 너랑 놀아 준다고 했어?

많은 것을 묻고 싶었지만 정작 입에서 나오는 건 엉뚱한 말
이다.

"그럼 이제 정말 나랑 같이 다닐 수 있겠네? 나한테 빚진 거

있으니까."

정확히 어떻게 된 일인지 모르지만 내가 원따를 울린 것 같다.

원따가 우는 건 처음 본다.

내가 괜찮을 때는 원따를 보면서 나라면 학교에 안 나오든가 매일 울 텐데 대단하다고 생각했는데. 그렇게 따지면 나도 대단한 셈이지만 나야 무슨 일이 있어도 미소만 지으려고 오랫동안 노력했으니까 별거 아닌 것 같기도 하다.

아무튼 내가 한 말 때문에 원따가 울고 있다. 원따는 눈물을 닦으며 가라앉은 목소리로 말한다.

"그런 식으로 생각하면 안 돼."

어떤 식으로? 내가 뭘 잘못했는데?

"이유가 있어서 사람을 사귀면 따돌리는 데에도 이유가 있다고 말할 수 있게 돼."

원따의 걸음이 갑자기 빨라진다. 원따의 말에 대해 곰곰이 생각하다가 나도 걔를 따라가지만, 곧 갈림길이다.

나는 왼편으로 멀어지는 원따의 뒷모습을 멍하니 바라보다가 내 갈 길로 걷는다. 휴대폰에 부재중 전화로 남은 원따의 번호를 한참 동안 들여다보면서.

이게 원따의 번호라면 저장해 두고 가끔 메시지를 보내도 괜찮겠지.

그러다 나는 단톡방 링크가 담긴, 어쩌면 이 사람만이라도 고소할 수 있지 않을까 싶어 남겨 뒀던 메시지를 열어 본다. 원따가 한 말은 진짜였다. 역시 같은 번호로 보내온 것이다.

전화를 걸고 싶다.

화를 내고 싶기도 하고 너를 이용하려고 해서 미안하다고 하고 싶기도 하고 나도 너 같은 거 필요 없다고 소리를 지르고 싶기도 하다. 당장은 걔가 세상에서 제일 밉지만 나한테 걔가 간절히 필요하기도 하니까. 원따가 전화를 받아만 준다면, 내게 전화를 걸 용기만 있다면, 그런 말들도 다 할 수 있을 것이다.

어쨌든 번호는 있다.

그런데, 번호를 저장해야 하는데, 걔 이름이 원래는 뭐지.

처음으로 개의 진짜 이름이 궁금해진다. 원래부터 왕따가 아니었던 개의 이름. 제일 먼저 물어봤어야 하는 건 바로 그거였다는 걸 나는 아주 늦게야 깨닫는다.

(2022)

안녕,
장수극장

중간고사가 끝난 금요일은 분위기가 뒤숭숭했다. 시험이 끝나는 날답게 소란스럽기도 했지만, 뭐랄까 전체적으로는 을씨년스러운 느낌이었다. 1교시부터 내내 애들 모두 날이 바짝 서 있는 것이 경기 시작 10초 전의 운동장 같았다. 뭐 시험은 애초에 포기하고 큰 소리로 "끝나고 피자 먹을 사람?", "노래방 갈 사람?" 하는 애들도 있었지만 다른 애들 대부분은 그 말을 못 들은 척하거나 눈치를 챘다.

일단 1교시 시험 과목부터가 불길했다. 학생부장 선생님이 미리 으름장을 놓은바, 만약 우리 반이 이번에도 자기 과목 시험을 망치면 옛날식으로다가 남자애들은 구레나룻을 싹 밀어 버리고 여자애들은 줄여 놓은 치마 솔기를 다 뜯어 버린다고 했기 때문. 요즘 때가 어느 때인데 설마 그러려고 싶으면서도, 몸소 증인이 되고자 하는 사람은 아무도 없는 게 당연했다. 말이야 공갈 협박이라 쳐도 학생부장 선생님이 무서운 건 사실이었으니까.

그것만이 이유라면 1교시 시험이 끝난 직후 분위기가 반전되었어야 했는데 그렇지도 않았다. 그럼 뭐지, 점심 먹고 오후 수업 한다는 얘기 때문? 그건 헛소문이라고 진작 밝혀지지 않았나? 이것도 아니고 그것도 아니라면 대체 뭐 때문이지. 먼저 나서서 애들한테 뭐가 그리들 심각하냐고 물을 것도 아니면서 나는 혼자 궁금해만 하고 있었다.

"장수극장 진짜 닫아?"

그걸 물은 사람은 우리 반도, 하물며 우리 학년도 아닌 학생 회장이었다. 종례가 끝나자마자 우리 반으로 달려와 물은 것이었다. 아, 그래서였구나. 시험 끝난 기념으로 어딜 갈 것인지 이러쿵저러쿵하던 애들이 갑자기 입을 싹 다물어서 나도 알았다. 우리 극장 폐업하는 게 드디어 소문이 났구나.

"왜 닫아?"

학생회장이 재차 물었지만 해 줄 말이 없었다. 진짜 몰라서 물어? 당연하지 않나, 장사가 안 되니 닫지. 사람도 굶으면 죽잖아. 극장 목구멍에도 손님이 계속 들어와야 하는데, 그게 안 되는데 안 닫으면 어쩔 거냐고. 우리 극장 동시 상영 시간에는 맨날 매표소 밑을 기다시피 해서 몰래 지나가는 동네 백수 하나를 포함해 많으면 다섯 명, 적으면 두 명밖에 손님이 오지 않은 지 꽤 됐다.

잠자코 가방을 쌌다. 모든 과목이 다 노력한 만큼의 점수는 나올 것 같았고, 그래서 걱정이 없었다. 1교시 사회 시험 성적 반 평균이 어떻게 나올지는 조금 우려스러웠지만 그것도 솔직히 나와는 큰 상관 없다고 느꼈다. 난 열심히 했으니까.

"왜 닫는데?"

가방을 등에 지고 나가려는 나를 회장이 붙들었다. 드라마 남자 주인공들이 여자 주인공들에게 그러듯이. 지가 뭐 엄청 멋있는 짓이라도 하는 줄 아나. 당겼다 놓은 고무줄이 제자리로 돌아가듯 나도 회장 곁으로 한 발짝 뒷걸음질을 치게 됐다.

"이게 무슨 짓이에요?"

장단을 맞출 생각은 조금도 없었지만, 하고 보니 내 말도 드라마 여자 주인공들의 단골 대사 같았다. 손목을 털어 회장의 손을 홱 뿌리치고서야 우리 반 애들이 아무도 안 가고 나와 회장을 지켜보고 있었다는 사실을 알아차렸다.

"닫을 만하니까 닫죠. 아 진짜 쪽팔려. 가세요, 그냥."

말을 다다다 쏟아 내고 전속력으로 교실을 벗어났다. 회장더러 가라고 해 놓고 정작 떠난 쪽은 나란 사실을 깨달은 건 교문을 벗어나고도 한참 뒤였고, 나는 그 지긋지긋한 장수극장의 매표소를 지키러 가야 했다.

'장수극장'이란 이름은 할아버지가 지었다. 맏아들 이름이 장수라서. 할아버지 이름은 준영, 아버지 이름은 장수. 이름 하면 초등학생 시절 할아버지 할머니 엄마 아빠 이름을 공책에 적는 숙제를 했을 때 생각이 난다. 아버지가 알려 주는 대로 한자까지 한 획 한 획 정성껏 적어 가서 수업 시간에 발표하자 아이들이 웃었다. 아빠 이름과 할아버지 이름이 바뀐 것 같다면서. 그런가? 할아버지 이름이 옛날 사람치고 세련된 느낌이긴 하지만, 아버지 이름이 그 또래 중 눈에 띄게 후진 느낌은 아닌데. 나야 기억도 잘 나지 않는 할아버지보다는 묵묵하면서도 다정한 우리 아버지가 훨씬 좋았고, 그래서 아이들의 반응이 속상했다.

내가 속상했든 말든 할아버지가 아버지보다 세련된 사람인 건 사실이었던 모양이다. 이름 말고도 다방면으로. 그 점이 우리 가족에게 다방면의 고달픔을 안겨 주었고 말이다.

내가 아는 바는 이렇다. 배우를 꿈꾸던 할아버지는 꿈을 이루지 못한 아픔을 고향에 작은 극장을 만드는 것으로 달래려 했다. 할머니가 아버지와 동생들을 대학에 보내려고 10년 정도 모은 목돈을 홀랑 쏟아부었다. 미안해서였는지 극장이 아들만큼 소중하다는 의미에서였는지, 할아버지는 극장에 장남 이름을 붙였다. 오래 살라고, 긴 수명을 누리라고 지은 이름 장수. 장수극장은 오랫동안 문전성시를 이루었다. 멀티플렉스 극장이 없던 시절이기도 하고 애초에 극장이 생길 만큼 큰 도시가 아니기도 했으니까.

하지만 장사가 잘되어 봤자 좌석이 백 개 남짓한 단관이라 한계가 있었다. 흑자가 나기 시작한 것은 극장을 연 지 5년이 조금 넘은 시점부터였다. 그럴 즈음 장수극장 윤 회장의 아들 '윤장수'는 결혼을 했다. 대학 등록금을 자기와 이름이 같은 극장에 빼앗긴 윤장수 씨는 결국 대학생이 되지 못했다. 그의 나이 스물한 살에 내가 태어났기 때문이다.

"다녀왔습니다."

매표소 창을 두드리며 인사하자 꾸벅꾸벅 졸던 아버지가 화들짝 놀라 자세를 고쳤다.

"어, 왔구나."

나는 매표소 왼쪽에 달린 쪽문을 가리켰다. 아버지는 문 높이에 맞추어 고개를 숙이고 나왔다.

"고생했다."

"고생 안 했어요."

시험 잘 봤냐고 묻는 것도 아니고, 자식이 시험을 봤는지 말았는지 무관심한 것도 아니고, 그저 고생했다 말해 주는 게 아버지의 방식이었다. 그래서 아버지가 좋았지만 같은 이유에서 아버지가 밉기도 했다. 아버지가 이렇게 좋은 사람이어서는 반항을 할 도리가 없으니까.

"고생해라."

매표소 안에 들어가 앉자 아버지는 그렇게 말하고 떠났다. 집에 들러 간단하게 요기를 하고 어머니와 같이 논에 갈 터였다. 농사야말로 우리 집 본업이었고, 2학기 중간고사 기간은 농사꾼에게도 중요한 시기였다. 가을걷이를 코앞에 두고 할 일이 몰려드는 때. 부모님이 바쁜 줄 익히 아는 나는 매표소를 지키며 시험공부를 했다. 손님이 적고 내가 아직 중학생이니 망정이지, 극장을 계속 이렇게 운영할 순 없다는 걸 우리 가족 모두 알고 있었다.

"오늘은 무슨 프로를 하나?"

멍하니 앉아 있던 내게 말을 건 사람은 고려라사 고 사장 할아버지였다. 할아버지 생전 절친한 친구였다는 고 사장은 거의 매일 찾아와 같은 질문을 건넸다.

"어제랑 같은 거 해요."

"한 장."

장수극장의 티켓은 구멍을 내 고리에 끼운 싯누렇고 얇은 종잇조각이었다. 티켓 테두리를 따라 영화 필름처럼 생긴 장식이 있고 가운데에는 '상영작: _____'이라 인쇄되어 있을 뿐이라 마음만 먹으면 얼마든지 위조할 수 있을 만한. 나는 티켓을 한 장 뜯어 볼펜으로 '오후 동시 상영'이라고 쓴 다음 날짜 스탬프를 찍어 고 사장에게 건넸다.

"몇 시에 하나?"

"30분 있다 오세요."

30분은 금세 흘렀고 고 사장도 때맞춰 나타났다. 나는 매표소 창구에 '매진'이라 적힌 팻말을 걸었다. 물론 매진과는 정반대 상황이었지만 매표소를 비울 구실이 적힌 팻말이 그것 말고는 없었다. 매표소 문을 잠그고 고 사장과 함께 극장으로 들어갔다. 작달막한 체구에 잘 맞는 정장을 입은 고 사장은 걸음이 아주 느렸다. 고 사장은 상영관 앞에서 내게 티켓을 보여 주었고 나는 그를 들여보낸 후 상영관 문에 '상영 중' 팻말을 걸고는 2층 영사실로 올라갔다. 영사기 작동법이야 어깨너머로 배우긴 했지만, 기본적으로는 아버지가 설정해 둔 채로 버튼만 누르면 됐다. 상영관 불이 꺼지고 은막이 밝아졌다. 영사실과 상영관을 잇는 작고 투명한 창 위에 내 얼굴이 유령처럼 비쳤다.

매표소로 돌아와서는 할 일이 없었다. 나도 영사실에 앉아 영화나 마저 볼 걸 그랬나. 동시 상영작 두 편 다 대사를 줄줄 욀 만큼 봤지만 그래도. 명진글방에서 만화책이라도 빌려 올걸. 시험이 끝나서 공부도 좀 그렇고.

"저기."

갑자기 매표소 창문을 두드리며 말을 건네 온 사람은 학생회장이었다. 나는 아버지가 조금 전 그랬듯 화들짝 놀라며 회장을 맞았다.

"영화 아까 전에 시작했는데요."

장수극장에서는 딱히 광고 같은 것을 틀지 않아 영화가 바로 시작되었다. 영화 전반부를 놓쳤어도 보고 싶다는 사람이 있으면 웬만하면 들여보내 주는 편이기도 했지만, 회장한테는 어쩐지 그런 인심을 베풀고 싶은 생각이 들지 않았다.

"영화 보러 온 거 아니야."

"그럼요?"

극장에 영화를 보러 온 게 아니면 어쩌겠다는 거지? 우리 집에서 하는 극장이니 내 맘대로 해 보려 들긴 했지만, 정작 영화를 볼 생각이 없다 하니 맥이 풀렸다. 마음 한구석에는 그래도, 우리 극장 폐업하는 게 그렇게 화제가 되었다면 약간이나마, 잠깐이나마 영화를 보러 오는 사람이 늘지 않을까 하는 기대가 있었기 때문에.

"짧게 인터뷰 좀 할 수 있을까 해서."

"인터뷰요?"

"응, 축제 때 틀게. 잠깐이면 되는데."

"제 인터뷰를 축제 때요?"

학교 축제는 중간고사 다다음 주, 정확히 열흘 후로 예정되어 있었다.

"아, 정확히는 장수극장 사장님과 인터뷰를 하고 싶은데. 윤송, 너랑도 괜찮아."

회장은 내 교복 조끼 주머니에 박음질된 명찰을 보며 말했다. 내 이름을 처음 알았다는 듯. 어쩐지 재수가 없었다. 인근에서 유일한 중학교라 동네 아이들이 모두 다니고, 그런데도 전교생은 200명이 채 못 돼 서로서로 이름과 얼굴을 훤히 알았다. 전학을 와도 한 학기면 전교생 신상을 대강 익히게 마련인 코딱지만 한 동네에서 새삼 처음 안 사람처럼 구는 게 꼴 같지 않았다. 하물며 인터뷰라니.

"아버지한테 여쭤볼게요."

"사실 축제 준비하면서 촬영도 하고 편집도 하려면 시간 별로 없거든. 오늘 당장 하면 좋겠는데."

"저는 못 해요."

"어려운 것도 아냐. 인터뷰라기보다 축제 축하하는 인사 영상이라고 생각하면 되는데."

그렇게 별것 아니면 잘난 자기가 해서 넣든지. 아무리 전교생 200명도 안 되는 학교 축제라고 해도 쪽팔린 건 쪽팔린 거였다. 나는 굳이 이목을 끄는 행동을 하고 싶지 않았다. 조용히 학교에 다니다 조용히 졸업하고 좋은 대학에 가서 이 지긋지긋한 동네를 벗어나는 거, 그게 내 꿈이었다. 나중에 누가 이 동네 사람들을 붙들고 '윤송'이란 사람이 이 고장 출신이 아니냐고 물어도 '그게 누구지?' 하고 어리둥절해하면 좋겠다고, 나는 늘 생각했다. 우리 아버지 윤장수 씨와는 완전히 반대로. 읍내 모든 사람이 이름을 알고, 알다 못해 이름이 읍내 가장 큰 건물에 대문짝만 하게 박혀 있고, 평생 이 읍에 붙박여 사는 건 상상하기도 싫은 일이었다.

나는 매표소에 앉은 자세 그대로 회장을 말없이 올려다보기만 했다. 매일 아버지가 반짝반짝하게 닦아 두는 매표소의 투명 유리창이 그렇게나 원망스럽긴 처음이었다. 회장은 그만 가 줬으면 하는 눈치를 읽어 내고도 한참은 지났을 무렵에야 말했다.

"그럼 이거라도 아버지께 보여 드리면 좋겠는데."

회장은 웬 종잇조각을 매표소 창구로 밀어 넣으려 했다. 그것이 그대로 지나오기엔 창구 폭이 조금 좁았기 때문에 회장은 종잇조각을 말아서 다시 내밀었다. 나는 받자마자 그것을 읽어 보았다.

안녕하세요? 저는 첨호 중학교 3학년 주해성입니다.

곧 첨호 중학교의 전통 있는 축제 '첨호제'가 열립니다.

이번 축제에는 더욱 기억에 남을 순서를 만들고 싶어 고민하다가, 우리 읍을 빛내고 계신 여러 선생님들의 축사 말씀을 상영해 보면 어떨까 하는 아이디어를 떠올렸습니다.

간단한 인터뷰를 요청드리고 싶습니다.

어떤 일을 하고 계시는 누구신지에 대한 소개와 함께 첨호제에 보내는 축하 인사를 촬영하려고 합니다.

협조해 주셔서 감사합니다.

　용지를 가로로 눕혀 인쇄하고 반으로 잘라 만든 듯한 안내문 맨 아래에는 회장의 휴대폰 번호와 메일 주소가 적혀 있었다. 나는 그것을 매표소 칸이 탁자 위에 아무렇게나 두고 엎드려 잤다. 애매한 자세 때문에 뒷덜미가 시려 깨어났을 무렵에는 늘 매표소를 몰래 지나치는 백수 아저씨가 고 사장과 함께 나오고 있었다.

　극장에서는 영화만 상영하는 게 아니라 연극도, 인형극도, 마당극도, 뮤지컬도, 콘서트도 열렸다. 심지어는 결혼식도 했다. 장수극장 1호 부부는 물론 윤장수 씨와 심미애 씨, 우리 아버지와 어머니. 두 분이 극장에서 결혼식을 올린 까닭은 그게 멋있어서가 아니라 대관료가 들지 않아서였다. 남들한테야 극장 대관료가 농협 2층 예식장 대관료보다 부담스러울지 몰라도 장수극장 윤 회장 아들 윤장수는 그렇지 않으니까. 놀랍게도 두 분은 장수극장에서 결혼한 마지막 부부가 아니었다. 극장 결혼식에는 의외로 장점이 많았던 것이다. 예를 들어 밝은 무대 조명과 읍내 어느 곳보다도 넉넉한 좌석 등. 덕분에 몇 번의 결혼식이 연달아 열렸다. 아버지의 친구들이 시집 장가 들 때가 되어 아버지와의 의리를 지킨 것일 수도 있을 테고. 단점을 굳이 꼽

자면 무대와 달리 어두운 객석 조명과 예식을 공연으로 느끼게 만드는 객석 경사 정도. 한 달이 멀다 하고 장수극장에서 결혼식이 열리던 시기도 있었다고 한다. 극장 결혼이 그 시대의 유행이 된 셈이었다. 하지만 그 유행도 영원하지는 못했다. 농협 2층 예식장이 리모델링을 했기 때문이다. 그때 새로 한 인테리어도 이제는 한물간 것이 되었지만.

그나마 극장을 극장답게 하는 공연장 사용 의뢰는 심심찮게 들어왔다. 유치원 재롱 잔치, 상가 번영회 장기 자랑, 학교 연극부 발표회처럼 우리 읍 사람들이 중심인 것도 있었지만, 역시 전국 순회공연으로 찾아온 외지인들이 주를 이루었다. 도시에서 몇 번이고 되풀이해서 이제 도시 사람들에게는 질려 버린 레퍼토리. 그런 것들이 우리 극장에는 잘 어울렸다. 서울에서는 한 장 만 원, 만오천 원이었을 티켓값이 우리 동네에 와 삼천 원이 되는 기적은 그래서 일어날 수 있었다. 정작 진짜로 멋있는 것, 좀체 질리지가 않아서 도시 사람들이 꼭 쥐고 놓아 주지 않는 것, 예를 들어 댄스 경연 프로의 우승 팀 공연 등은 장수극장과는 거리가 멀었다.

그러니 공연 흥행이 점차 시들해진 것도, 그래서 여기서는 더 이상 재미를 보기 어렵겠다 생각한 외지인들이 발길을 서서히 끊은 것도 누구 탓을 할 문제가 못 되었다. 굳이 따지자면 집집마다 놓인 TV 화면이 몰라보게 커져 버린 탓. 케이블 방송이나

OTT 구독으로 웬만한 영화는 다 볼 수 있게 되어 버린 탓. 명절에 우리 극장에서 야심차게 준비한 마당극 공연을 올리면 방송국에서는 전국 팔도 트로트 명인 대회를 내보내는 탓. 무엇보다도, 차 타고 30~40분이면 갈 수 있는 도시에 멀티플렉스 상영관이 생겨 버린 탓.

즉 모든 것은 지금이 21세기인 탓이었고, 그 낱낱의 이유들이 모두 장수극장은 이 시대에 어울리는 공간이 아니라는 증거였다.

할아버지의 사업 수완이 좀 괜찮았더라면 지금과는 상황이 달랐을까? 읍내에서 내로라하는 멋쟁이였다는 할아버지는 여윳돈이 생기면 곧장 고려라사에 달려가 양복을 맞췄다. 재작년에 돌아가신 할머니는 틈날 때마다 할아버지 젊을 때 이야기를 하면서 어이가 없다는 듯 피식피식 웃었다. 그래도 할아버지를 마냥 나쁘게만 얘기하지는 않았다. 얼굴값 한답시고 여자 문제로 속 썩일 만도 했는데, 읍내 계집애들 가슴 앓는 소리에 콧방귀 한 번 안 뀌었다며. 콧방귀는 우리 어머니가 뀌었다. 어머니는 아버지나 할머니에 비해 할아버지에 대한 평가가 냉정했다.

"자기밖에 몰라서 그랬지 뭐. 세상에서 자기가 제일 예쁘고 귀한 양반이었는데 눈에 차는 여자가 있었겠니. 집에서 짝지어 준 마누라면 됐지."

심야 프로는 수요일과 토요일에만 틀기 때문에 나는 부모님보다 먼저 집에 와 있었다. 트럭이 마당으로 들어오는 소리는 저녁을 준비하라는 신호와 같았다. 찌개 불을 올린 후 반찬을 꺼내고, 수저를 놓을 즈음 현관에서 옷을 팡팡 터는 소리가 들렸다. 어머니였다. 먼지 턴 작업복을 둘둘 말아 껴안고 들어온 어머니는 곧장 욕실로 가 샤워를 했다. 이윽고 마당에서 등목을 한 아버지가 들어왔다. 윗몸에서 흘러내린 물기가 작업복 바지를 뒤덮은 흙먼지와 뒤섞여 마루에 흙탕물 자국을 남겼다.

"식사하세요."

"금방 씻는다."

이윽고 어머니가 욕실에서 나와 안방으로 들어갔다.

"식사하세요."

안방을 향해 외치자 어머니가 대답했다.

"아버지 다 씻으면 같이 먹자."

아버지가 욕실로 들어간 사이 어머니는 상가 번영회에서 나눠 준 12회 단합 대회 티셔츠를 입고 나왔다. 나는 밥을 퍼 담고 찌개와 함께 식탁에 올린 다음 자리에 앉았다. 곧 능이버섯 아가씨 선발 대회 티셔츠를 입은 아버지가 마루로 나왔다. 우리는 TV도 켜지 않고 세탁기 돌아가는 소리를 들으며 밥을 먹었다.

"사과 깎을까요?"

어머니가 말하고 아버지가 끄덕였다. 한동안 셋이서 사과 깨

무는 소리만 아삭아삭 울렸다.

"아까 논에서 해성이 아빠가."

어머니가 다 파먹은 사과 심지를 내려놓으며 말했다.

"뭐를 맡긴다고 하데? 해성이가. 까먹지 않게 말 좀 해 달라고 신신당부를 했대."

회장의 인터뷰 안내문 얘기일 터였다. 안내문을 숨겨 놓고 축제가 지나가길 기다릴 작정이었지만 동네가 작아 애고 어른이고 서로 다 알다 보니 그럴 수도 없었다. 나는 방에서 회장이 준 안내문 쪼가리를 가지고 와 아버지에게 건넸다.

"캠코더 어디에 뒀더라?"

"장롱 왼쪽에."

아버지가 묻고 어머니가 답했다.

"하시게요?"

"왜?"

왜 안 하겠니? 하고 되묻는 것이겠지. 왜 그런 걸 해야 하는지만 생각했던 나는 그 한마디에 말문이 막혔다. 아버지가 마지막 사과 조각을 입에 쑥 밀어 넣고 일어나 안방에서 캠코더와 삼각대를 꺼내 왔다. 할아버지 할머니 생전에 찍은 가족사진, 다섯 살 먹은 내가 자주색 원피스를 입고 가운데에 앉아 있는 커다란 사진이 걸린 벽을 배경 삼아 캠코더를 설치한 아버지는 어색하게 그 앞에 섰다가 다시 안방으로 들어갔다. 이윽고 나온 아버지는 능이버섯 아가씨 선발 대회 티셔츠 대신 경조사용 감색 정장을 입고 있었다. 아랫도리에는 그대로 추리닝 바지를 입은 채로.

"안녕하십니까. 장수극장 사장 윤장수입니다."

아버지는 캠코더 녹화 화면을 확인하고는 내 방에서 스탠드를 꺼내 왔다. 스탠드 둘 곳이 없어서 어머니가 들고 있기로 했다. 다시 녹화가 시작됐다.

"첨호 중학교 학생 여러분 안녕하십니까. 22회 졸업생, 장수극장 사장, 윤장수입니다."

설거지를 하려고 하자 어머니가 고개를 저었다. 물소리가 시끄러우니 자기가 나중에 하겠다고. 나는 아버지가 한동안 쩔쩔매는 것을 보다가 방으로 들어갔다. 자려고 불을 끌 즈음 아버지가 밖에서 나를 찾았다. 송아, 이거 컴퓨터에 어떻게 하지? 못 들은 척하고 싶었지만 일어나서 마루로 나갔다. 아버지와 나는 한참 동안 쩔쩔매다 자정 무렵에야 녹화 파일을 회장에게 보냈다. 이렇게 번거로울 줄 알았으면 그냥 회장이 찍겠다고 할 때 그러라고 할걸. 새삼 안내문을 다시 보니 영상을 찍어 보내 달라는 말은 일언반구도 없었다. 축하 영상을 직접 찍어 보내겠다는 건 순전히 아버지의 생각이었던 것이다. 왜였을까? 아마도 캠코더가 아까워서였겠지. 짐작되는 이유는 오로지 그뿐.

우리 가족에게 남아 있는 애물단지 대부분이 그렇듯 캠코더를 산 사람도 할아버지였다. 노인이 되어서나마 배우의 꿈을 이루고 싶어, 오디션 데모 테이프라도 찍으려 한 것일까. 내 생각엔 그랬지만 정작 할아버지는 첫 손주인 내 핑계를 댔다고 한다. 애들은 빨리 큰다. 숨만 쉬어도 재롱 같고, 호 불기만 해도 까르르 웃고, 저부터가 예쁨을 받고 싶어 안달을 낼 시기는 금세 지나간다. 할아버지 말씀이야 그랬다는데, 지금 생각하면 웃음도 안 날 소리였다. 맏아들이 한창 클 동안 할아버지 당신은 집에 있지도 않았으면서 뭘 그리도 잘 아신다고.

그런 구실로 마련한 캠코더는 그때 그 매장에서 두 번째로 값비싼 것이었고 당연히 홈 비디오용치고 사양이 지나치게 높았으며, 우리 가족에는 그 전문가용 캠코더를 제대로 쓸 줄 아는 사람이 아무도 없었다. 할아버지가 찍고 VCR 형식으로 뜬 테이프는 여러 장 있지만 뜻밖에도 거기에는 할아버지 본인 모습이 무척 드물었다. 할아버지가 돌아가신 후 그 비디오테이프들을 몇 차례고 돌려 보며 할아버지 모습을 찾아본 아버지가 해준 이야기였다. 월드컵 때 우리 읍 단체 응원 촬영에 한 컷, 할머니 쉰다섯 살 생신 때 모처럼 아버지 형제 모두 모여 찍은 영상에 또 한 컷, 아버지가 모는 트럭 조수석에서 한갓진 논과 하늘 풍경을 찍으며 울퉁불퉁한 비포장도로를 달려가다 캠코더를 놓친 뒤 거꾸로 받아들고 후유 한숨을 내쉬는 장면 한 컷. 그렇게 한 다섯 장면, 총 10여 초 정도의 할아버지 모습이 남아 있었다고. 광고 하나를 만들까 말까 한 분량으로.

할아버지가 돌아가신 것은 사진관에서 그 커다란 가족사진 액자를 받아 온 지 얼마 지나지 않아서였다. 그러니까 내가 다섯 살, 아버지가 스물여섯 살일 때. 잘 기억은 나지 않지만, 아버지가 VCR 장치가 달려 있는 작고 낡은 TV 앞에서 몇 날 며칠씩 할아버지 그림자를 쫓는 동안 나도 아버지 곁에 있었던 모양이다. 지금도 그렇지만 나는 그때도 아버지가 할아버지를, 자기 아버지를 왜 그렇게 좋아하는지를 이해하지 못했다. 그에 대한 이야기는 어머니가 들려주었다.

"그 어린 게 뭘 알아서 그랬는지, 계속 텔레비전 앞을 알짱거리면서 비디오 못 보게 훼방 놓다가 즈이 아버지한테 이러더라니까. 아빠는 할아버지가 뭐가 좋아요?"

물론 내게는 그에 대한 기억이 없었기 때문에 아버지가 뭐라고 답했는지가 몹시 궁금했다.

"너희 아버지야 그냥 허허 웃고 말았지."

그래서는 궁금증이 풀릴 도리가 없었다. 나 같으면 진작에 집을 나가고도 남았을 것 같은데 아버지는 어떻게 참았을까. 할아버지야말로 배우가 되겠다며 몸소 집을 뛰쳐나가 모범을 보이지 않았던가. 할아버지 때만 해도, 그러니까 할아버지가 그 아버지의 아들 노릇을 할 적만 해도 우리 집은 읍내에서 떵떵거릴 만큼 형편이 괜찮은 집안이었다던데. 뭐 지금도 눈에 띄게 망하지는 않았지만 배우가 된답시고 아내를 두고 서울로 나돈 할아버지가 아니었다면 아버지를 비롯한 형제 모두가 대학을 나올 수도 있었을 텐데.

"단성사는 얼마나 영험한 절이길래 거기까지 가서 기도를 해야 배우가 되나 했다, 나는."

이것은 할머니 말씀이다. 단성사가 절이 아니라 극장 이름인 것은 나중에, 할머니가 돌아가신 후에야 아버지가 가르쳐 주었다. 생전에 할머니도 매표소와 영사실 지킴이 역할을 나누어 맡곤 했지만, 할머니는 영화라면 치를 떠는 분이었다. 할머니를 닮아서 그런가, 나도 영화를 아무리 봐도 그리 좋아지지 않았다. 앉아 있기 지루해 몸을 틀거나 하품을 찢어지게 해서 눈물이 맺힌 적은 있지만, 영화를 보면서 크게 웃거나 운 적은 한 번도 없었다.

주말에는 내가 매표소를 내내 지켰다. 토요일 조조부터 일요일 오후 프로까지. 티켓은 총 일곱 장이 나갔다. 일요일 오후 상영 직전에 학생회장이 찾아왔다.

"아버지 안 계셔?"

"논일하러 가셨죠."

회장네 논이 우리 논과 가까워 지금쯤 회장 아버지와 우리 부모님도 인사를 나누고 있을지 모른다는 것을 떠올리며 나는 대답했다.

"영상 잘 받았다고 인사드리러 왔는데."

"전해 드릴게요."

그리고 나서 회장은 또 잠깐 엉거주춤 서 있었다.

"영화 보시게요?"

"영화는 다음에."

다음 언제? 이달 말쯤이면 우리 극장은 닫고 없을 텐데. 시장으로 걸어가며 멀어지는 회장의 뒷모습은 작아지고 작아지면서도 오래오래 보였다. 매표소의 창이 워낙 투명해서 어쩔 수 없었다.

월요일 오후 사회 시간에 학생부장 선생님이 채점 결과를 발표했다. 지난 학기 기말고사에서는 사회 과목 반 평균이 옆 반과 5점이나 차이 났지만 이번에는 3점 차까지 줄였으니 특별히 봐준다고 했다. 봐주긴 뭘 봐줘. 그렇게 물러 가지고 애들이 위기의식을 퍽도 갖겠네요. 나는 속으로 생각했다.

수업이 끝나고 반 아이들은 축제에 올릴 반 대항 장기 자랑 회의를 한다고 했다. 나는 매표소를 지켜야 한다고 하고 먼저 나왔다. 작년 축제 때 그랬듯 우리 부모님도 바쁜데? 나도 우리 부모님 도와줘야 하는데? 누군 집에 일 없는 줄 알아? 하며 못 가게 막을 줄 알았는데, 아무도 나를 잡지 않았다. 극장을 닫는다는 소식이 사실로 드러나서였을까. 명진글방에서 만화책을 삼천 원어치 빌려 와 매표소 안에서 봤다.

우리가 사는 소읍은 정말이지 심심한 동네였고 말썽을 피우는 사람이라곤 언제나 매표소 앞을 포복으로 지나가는 백수 아저씨밖에 없었다. 나는 매표소를 지키기 시작한 이래 한 번도 아저씨를 불러 세운 적이 없지만, 극장을 닫는 것이 기정사실이 된 후로는 아저씨가 매일 찾아오는 것이 차라리 반갑게 느껴졌다. 그럴 만큼이나 동네에도 극장에도 아무 일이 없었으니까.

극장을 닫은 후에는 어떻게 될까? 우선 건물과 땅을 처분해 얻을 이익은 아버지 형제들이 나누기로 했다. 타지에서 사는 삼촌들은 그동안 극장을 돌봐 온 우리 가족이 많이 갖는 게 옳다는 방향으로 의견을 모았다. 어차피 형제가 셋이라 딱 떨어지게 나누기도 곤란했을 테지.

우리 극장 자리에 새로 생길 무언가가 또 문제였다. 둘째 삼촌은 마트가 들어와야 한다고 했고 막내 삼촌은 주차 타워 같은 게 현실적이지 않겠냐고 했다. 아버지는 둘 중 어떤 의견에도 동의하지 않았다. 내 생각에도 말이 안 됐다. 시장이 있는데 마트가 뭐 하러. 아무 곳에나 차를 댈 수 있는 동네인데 유료 주차는 또 웬 말. 삼촌들은 이 동네를 떠난 지 오래되어 여기가 어떤 곳인지를 다 까먹고 만 게 아닐까.

할머니 제사 때, 그러니까 지난 여름 방학 때, 아버지 형제들이 모처럼 다 모였을 때, 장수극장을 닫기로 결정했을 때, 나와 아버지는 한밤중에 극장에 갔다. 내 방을 삼촌 두 분에게 내드리고 안방에서 아버지 어머니랑 같이 자다가 더워서 깨어나 보니 아버지가 이미 마루에 있었다. 아버지는 낮에 먹은 백숙이 소화가 안된다고 했다. 우리는 누가 먼저랄 것 없이 슬리퍼를 꿰어 신고 읍내로 나갔다. 어디로 가자고 말로 정한 것도 아니었는데 걸음을 멈추고 보니 장수극장 앞이었다. 매표소를 한 바퀴, 영사실을 한 바퀴, 마지막으로 상영관 안을 한 바퀴 돌았다. 상영관 안에는 잠깐 앉아 있기도 했다. 상영관 좌석에 앉아 본 것은 그러고 보니 꽤 오랜만이었다. 상영관에서는 뭐라 말로 표현하기 어려운, 낡고 습한 냄새가 났고 푹푹 쪘다. 나는 가끔 에어컨 켜는 걸 깜빡했던 점을 떠올렸다. 그런데도 극장 단골들은 나에게 한마디도 하지 않았다는 사실도.

돌아오는 길에는 아주 이상한 기분이 들었다. 싫지는 않았지만 다시는 느끼고 싶지 않은 느낌이었다. 그게 뭔지는 모르겠지만, 알게 되어도 입 밖에 내고 싶지 않지만, 아버지도 나와 같은 기분을 품고 있다는 사실을 나는 알았다. 왜인지 그건 알 수 있었다.

자고 일어나서는 아버지와 극장에 다녀온 밤이 꿈처럼 느껴졌다. 그야말로 찜통 같은 한낮의 매표소 안에서 손바닥만 한

선풍기 바람을 쐬며 나는 그 기분을 떨치려고 애썼다.

아무 일 없이 학교 축제 날이 다가왔다. 별일이라면 "그동안 장수극장을 사랑해 주셔서 감사합니다."라는 문구와 폐업 일자가 박힌 포스터를 드디어 매표소와 상영관 입구에 붙였다는 것 정도. 그런다고 올 사람이 안 오고 안 오던 사람이 오는 일은 일어나지 않았고, 시간은 느리지도 빠르지도 않게 잘 흘러갔다.

축제 날에는 부모님들도 학교에 왔다. 안 그래도 심심한 이 동네는 학교 축제조차 심심해서 하룻저녁이면 끝나는데, 그 구경이라도 놓치면 큰 손해가 될 테니까. 지금이야 전교생 200명이 못 되지만 옛날에는 600명, 800명씩 다닌 적도 있었기에 강당이 전교생 부모님을 수용하고도 남을 만한 크기가 됐다. 나는 반 대항 장기 자랑도 나가지 않고 개인 발표도 없는데 우리 부모님까지 학교에 왔다. 뭐 하러 오는 건지 궁금은 하지만 정말 그렇게 물을 만큼 싸가지가 없지는 못해서 그냥 부모님과 함께 앉아 축제가 시작되기를 기다렸다.

이윽고 회장과 부회장이 단상 위에 올라와 인사를 했다.

"첨호 중학교 학생 여러분, 그리고 학부모 여러분. 안녕하십니까. 저희는 첨호제 사회를 맡은 회장 주해성,"

"부회장 배에스더입니다."

박수 소리가 낮아지기를 기다린 후에 회장이 이어서 말했다.

"이번 첨호제를 축하하고 기념하는 의미에서 특별한 시간으로 이번 축제를 시작하려고 합니다."

우리 아버지도 몇 초인가 시간을 보탠 그 영상이 나오려는 모양이었다. 사회자들이 객석으로 내려가고 스크린이 윙 소리를 내며 내려와 축제 현수막을 가렸다. 불이 꺼지고 영상이 시작되기까지 잠깐 어색한 침묵이 있었다. 영상은 느닷없이 시작되었다. 어두운 화면 위에 자막이 떠올랐고, 그 자막을 읽는 듯한 회장의 목소리가 들렸다.

"우리는 작은 마을에 살고, 작은 학교에 다니다가, 작은 축제를 연다."

화면에 갑자기 나온 사람을 보고 모두 웃었다. 반갑기도 하고 뜬금없게 느껴지기도 해서였을 것이다. 첫 출연자는 읍내 태권도장 앞에서 포장마차를 하시는 아주머니였다. 가을부터 봄까지는 호두과자를 팔고 여름 한철에만 아이스크림을 파는 분. 그 아주머니를 모르는 사람은 한 사람도 없었다.

"첨호제? 어유 벌써 그럴 때가 됐어?"

영상 속 아주머니의 목소리는 백색 소음에 차 달리는 소리, 호두과자 기계 돌아가는 소리까지 섞여 자막이 아니면 이해하기 어려울 만큼 흐릿했다.

"축하하지, 너무 축하해, 우리 아들딸들!"

모두 환호하고 손뼉을 쳤다. 아주머니는 평소에도 우리 학교

57

학생들 모두를 아들딸이라고 불렀다. 그렇게 부르면 이름을 안 외워도 되니 편하겠네 하고 나는 조금 꼬인 생각을 했지만. 이어서 나온 분은 명진글방 사장님. 모두가 알고 있듯 '명진'은 지금 고3인 사장님 맏딸의 이름이었다.

"우리 명진이 후배들! 아줌마는 여기로 시집와서 여러분을 만나서 너무 행복해요. 이번 축제도 재밌게 잘해!"

세탁소 사장님, 칼국숫집 이모, 시장 상회 아저씨, 안경점 아저씨, 교회 목사님까지 한 말씀씩을 보탰다. 인사말도 각양각색이었다. 첨호제 화이팅, 첨호중 짱, 첨호 중학교의 무궁한 발전을 위하여! 모두 아는 얼굴이어서 처음엔 간지럽게 웃기기도 했지만 자꾸 보니 점점 그저 그렇게도 느껴졌는데 어쩐지 박수와 환호 소리는 줄지 않았다. 나는 곧 그 이유를 알게 됐다.

"첨호 중학교 학생 여러분. 22회 졸업생 윤장수입니다. 장수 극장 사장입니다."

아버지가 나온 순간 나도 모르게 큰 소리로 윤장수 잘생겼다! 하고 외치고 말았다. 왼편에 앉아 있던 어머니가 내 어깨를 찰싹 치며 얘는 창피한 것도 모르나, 핀잔을 줬다. 아버지의 인사 영상은 아버지가 일곱 번째로 다시 녹화한 것이었다. 회장이 돌아다니며 찍었을 다른 인터뷰 영상과 달리 집 안이 배경이었고, 휴대폰 카메라에 담겼을 다른 사람들 것보다 화질이 훨씬 깨끗하고 음질도 좋았다. 일곱 번째 시도인데도 아버지는 땀을

뻘뻘 흘리며 긴장한 기색이 역력했고 어쩐지 말을 하고 있는 아버지보다도 배경을 수놓은 가족사진에 더 눈길이 갔다.

"감사합니다."

아버지 영상엔 어째서인지 중간이 없었다. 분명 녹화할 때는 축제 개최를 축하한다는 메시지가 있었는데 편집본을 보니 아버지가 살짝 망설이다 수줍게 감사하다 말하는 부분만 남아 있었다. 그 이유도 곧 밝혀졌다.

"우리는 작은 마을에서 작은 축제를 준비하다가 우리 마을의 작은 극장이 곧 안녕을 고한다는 소식을 들었다."

회장의 목소리였다. 다음으로 나온 사람은 우리 학교에 지금 다니는 사람과는 아무 상관도 없을 듯한 할아버지, 고려라사 고 사장님이었다.

"이게 내가 장수극장 윤 회장하고 어울려 다닐 적부터 쭉 모은 극장 티켓이야. 장수극장에서는 나한테 훈장이라도 줘야지 돼."

커다란 앨범을 한 장 한 장 넘기는 소리가 휴대폰 카메라 성능의 한계를 시험하듯 짝짝 울렸다. 박수 치거나 환호하는 사람은 하나도 없었다. 앨범을 꽉 채우고 있는 티켓을 보고는 나도 숨을 죽일 수밖에 없었다.

이어서 웬 어린애 사진이 등장했다. 세로 줄무늬 멜빵바지를 입고 극장 앞에서 대성통곡하는 어린애. 회장의 목소리가 흘러

나왔다.

"이건 나다."

아이들은 폭소를 터뜨렸다.

"어릴 때 장수극장에서 인형극을 본 후 감격에 겨워 우는 모습이다. 원래 인형극 같은 건 영화관에서 보는 게 아니라는 걸 친척들에게 듣고 나는 왠지 상처를 좀 받았다. 그때는 극장과 영화관이 따로인 도시에 사는 친척들이 부러웠다. 지금은 생각이 다르다. 도시에선 금방 사라져 버릴 수도 있지만 우리 동네에선 조용히 오래 머무는 것들이 장수극장 덕임을 알기 때문이다."

앞서 인사를 했던 우리 읍내의 어른들이 다시 한번 나와서 앞다투어 우리 극장 이야기를 했다.

"나 시집올 적부터 있었어. 백 년은 됐는 줄 알았지 뭐야. 내딸 시집보낼 때까지 있을 줄 알았지."

"신세 많이 졌지요, 윤 회장님한테도 지금 계신 윤 사장님한테도."

"우리 동네 데이트할 곳이 어디 있어, 우리 때는 다 장수극장에서 데이트했지. 짝사랑을 하더라도 괜히 극장 앞에서 그 사람 안 지나가나 기다리고."

"우리 아들이 장수극장에서 결혼했어."

마지막으로 다시 회장의 내레이션이 나왔다.

"어른이 되면 우리 모두 다른 길을 걷겠지만 우리가 이 마을에서 자란 기억은 잊을 수 없을 것이다. 우리는 장수극장을 잊지 않을 것이다. 오늘의 축제도 잊을 수 없는 시간으로 만들고 싶다."

그제야 박수가 터져 나왔다. 이윽고 NG 퍼레이드랍시고 어른들이 실없는 실수를 하는 영상이 본편보다도 더 길게 이어졌고 모두 박장대소했다. 그것도 끝이 난 이후 마침내 무대에 조명이 돌아왔고, 회장과 부회장도 무대에 올라 뭔가 말하고 있었지만, 내게는 그것이 들리지 않았다. 촬영 엉망, 편집 엉망, 그것도 모자라 억지스러운 내레이션까지. 총체적으로 웃기지도 않은 영상이었는데 나는 어쩐지 울고 있었다. 나만 울고 있는 것 같았다.

나는 오른편에 앉은 아버지를 보았다. 아버지의 얼굴은 아무렇지 않았지만 목울대가 위아래로 움직이고 있었다. 나는 아버지가 울음을 삼키고 있다고 생각했지만 말을 하고 있는 것이었다.

"이 영화를 우리 극장에서 틀자."

아버지는 그 엉성한 영상을 영화라고 불렀다. 아버지와 내가 같은 생각을 했다.

어째서 그 생각을 여태 못했을까. 장수극장 마지막 상영작의 주인공은 장수극장이 되어야 했다. 공동 주연으로는 장수극장이 자리 잡았던 작고 심심한 마을이 나와야 했다.

　나는 그 영화에 들어갈 수 있을 다른 장면들을 생각했다. 아들 이름을 극장에 붙인 초대 소유주에 대해서, 교복을 입던 시절부터 몰래 극장에 드나들던 백수 아저씨에 대해서, 꼭 나만 할 때부터 이 극장과 함께해 온 장수극장의 분신, 나의 아버지 윤장수 씨에 대해서.

　"아버지가 드디어 배우가 되겠구나."

　아버지가 말했다. 아버지는 할아버지 윤준영 씨를 떠올리며 그렇게 말했겠지만, 나는 나의 장수극장 그 자체인 윤장수 씨를 향해 고개를 끄덕였다.

(2022)

엄마만큼
좋아해

월오일

"이모, 약속한 거 꼭 지켜야 돼."

주비의 말에 이모는 응, 그래 대답하며 오징어 쪼가리를 집었다. 이모의 목소리는 마른오징어만큼이나 찰기가 없었지만 주비는 신이 나서 이모 옆으로 달려가 앉았다.

"나 꼭 머리 땋아 줘야 돼."

알았다니까. 그렇게 대꾸하면서도 이모는 텔레비전에 정신이 팔려 주비에게 눈길 한 번 주지 않았다. 그래도 그쯤에 기죽을 주비가 아니었다.

"반반 이렇게 갈라서 해 줘야 돼. 알겠죠?"

텔레비전에서는 이모랑 비슷한 또래의 어떤 아줌마가 또 다른 아줌마한테 소리를 지른 다음에 뺨을 얻어맞고 있었다. 그걸 보면서도 주비는 신이 났다. 텔레비전에서 어른들끼리 서로 째려보고 소리 지르는 내용이 나오는 건 자야 할 시간이 지났다는 뜻인데, 어차피 잠이 안 올 것 같아서. 이모가 머리를 빗겨 줄 걸 상상하면 가슴이 너무 두근거려서 누웠다가도 벌떡 일어나게 되었다.

이모 옆에 계속 있어야지. 이모가 아침에 까먹을 수도 있으니까 계속 계속 졸라야지.

주비는 무릎을 껴안고 앞뒤로 몸을 굴리다가 균형을 잃고 이모 옆구리에 부딪쳤다.

"주비야, 이모 맥주 흘렸잖아."

"미안해!"

혹시나 이모가 기분 나빠서 머리를 안 땋아 주면 어떡하지? 주비는 잽싸게 일어나 화장실 문고리에 걸려 있던 갈색 수건을 가져왔다.

"주비야, 그걸로는……. 에휴 아니다. 어차피 빨 거지?"

이모는 주비한테 말한 건지 혼잣말을 한 건지 헷갈리게 중얼거리고는 갈색 수건으로 상과 바지를 닦았다.

"이모."

"왜?"

"이모."

65

"왜."

이모오, 이모오. 주비와 이모는 공을 던지고 받듯 몇 번 더 그렇게 부르고 대답했다. 결국 이모가 화를 낼 때까지.

"신주비!"

"왜?"

이모는 텔레비전에 나오는 아줌마처럼 꽥 소리를 질렀다. 주비는 이모랑 역할이 바뀐 게 재미있어서 웃음을 참으며 대답했다. 한껏 인상을 쓰고 있던 이모는 고개를 절레절레 젓더니 목소리를 조금 낮추어 다시 말했다.

"신주비, 이제 가서 자."

"이모도 자야지."

"이모는 어른이라 좀 늦게 자도 괜찮아."

"그런 게 어딨어?"

"너 빨리 안 자면 머리 안 묶어 준다."

치사하게 이미 약속한 걸로 그러다니. 주비는 일부러 찰딱찰딱 소리가 나게 발을 구르며 걸어서 방으로 들어갔다. 화가 났다는 걸 이모에게 알려 주고 싶었다. 어른이면 늦게 자도 된다는 법이 어디 있어. 어차피 텔레비전 틀어 놓고 휴대폰만 보고 있으면서.

"신주비, 너 어디 어른 앞에서 문을 꽝꽝 닫아!"

이모의 화난 목소리가 문을 건너 들어왔다. 참나, 자기는 엄마 자는데 막 소리도 지르면서. 이모는 정말 자기밖에 몰라. 아니, 어른들은 다 그래. 주비는 팔을 쭉 뻗어 불을 끄고 자리에 벌렁 드러누웠다. 숨을 씩씩 몰아쉬자 이불이 주비의 어깨를 따라 들썩거렸다.

주비는 한참 동안 잠이 안 와서 오른쪽으로 돌아누웠다 왼쪽으로 돌아누웠다 다리 사이에 한껏 이불을 구겨 넣었다 똑바로 누워서 몸에 이불을 둘둘 감았다 했는데, 그러기도 지쳐서 눈이 감기기 시작할 무렵까지도 이모는 방으로 들어오지 않았다.

머리를 땋아 주기가 싫어서 저러나?

양 갈래로 땋은 머리가 유치하고 촌스럽다는 건 주비도 안다. 주비뿐 아니라 어린이집에 다니는 다른 애들도 다 그렇게 생각할 것이다. 내가 뭐 네 살짜리인가? 가르마를 양쪽으로 똑같이 갈라서 쫑쫑 땋는, 그런 아기 같은 머리 스타일이 진짜로 예쁜 줄 알게.

어떤 스타일이 예쁘고 어떤 스타일이 별로인지는 여섯 살만 되어도 다 안다는 걸 어른들은, 특히 주비네 엄마는 몰라도 한참 몰랐다. 주비네 엄마만 그런 게 아니라는 것은 주비랑 같은 어린이집에 다니는 여자애들의 머리 스타일을 보면 알 수 있었다. 하루에 두세 명씩은 꼭 머리를 양 갈래로 땋고 왔으니까. 머리를 꼼꼼하게 묶으면 시간도 오래 걸리고 이마도 땡겨서 아픈데. 게다가 양쪽으로 나눠서 하면 시간이 두 배로 드는데.

그래서 주비는 사실 속으로는 양 갈래 머리를 싫어했다. 그런데, 그러면서도 주비는 왜 이모한테 머리를 땋아 달라고 졸랐을까? 안 예쁘고 촌스럽고, 시간도 오래 걸리는 주제에 아프기까지 한 머리 스타일을 왜, 꼭.

그것은 주비가 비밀을 알았기 때문이다. 그 비밀은 아주 중요한 거여서 이모한테는 말해 줄 수 없었다. 아직은 엄마한테도 말하지 못한 비밀이니까. 아무리 엄마라 해도, 알려 달라고 간절히 부탁하고 비밀로 하겠다고 꼭꼭 약속한 다음에나 말해 줄 수 있을까 말까 했다. 그렇게나 중요한 비밀이기도 하지만, 말하기가 부끄럽기도 하기 때문이다.

화요일

머리 땋아야 돼.

거짓말 하나도 안 하고 주비는 눈을 뜨자마자 그 생각부터 했다. 잠을 잔 게 아니라 잠깐 눈을 감고 있었다가 뜬 것처럼 가뿐했는데 아침이었다. 알람 시계에는 딱딱하고 각진 모양으로 '06:10'이라는 숫자가 떠 있었다.

주비는 서랍을 열어 하얀 레이스 원피스와 하얀 타이츠를 꺼냈다. 여기다가 저번에 백화점에서 산 분홍색 구두를 신으면 완전히 웨딩드레스 같겠지. 어차피 어린이집 들어가면 신발은 벗어야 되지만. 이제 이모만 깨우면 준비 끝.

"이모. 이모."

언제 들어온 건지 이모는 주비가 누워 있던 자리 바로 옆에 뻗어 있었다. 온 팔다리를 쭉 펼치고, 왼팔만 접어서 가슴팍에 얹은 채 코를 도롱 도롱 골며 잤다. 주비가 어깨를 흔들며 부르자 이모는 코골이를 멈추고 왼손을 바닥에 툭 떨어뜨리더니 눈도 뜨지 않고 대답했다.

"쉬 싸고 와."

"알았어!"

주비는 잽싸게 화장실로 달려가 욕실 의자를 밟고 변기에 올라앉았다. 분명 머리는 맑은데 아직 잠이 덜 깬 건지, 엉덩이를 너무 깊이 밀어 넣어 변기에 쑥 빠질 뻔했다.

"쉬했어!"

주비가 돌아와 외치자, 이모는 눈을 감은 채 눈썹 사이를 일그러뜨리며 고개를 주비 반대편으로 돌렸다. 기분이 안 좋은 고양이처럼 낮고 그르르 울리는 소리로 이모가 말했다.

"주비 너 머리 혼자 감을 줄 알던가?"

"아니."

아오…… 하면서 이모는 다시 주비를 향해 돌아눕더니 마침내 눈을 떴다. 잔뜩 붓고 하얗게 질린 얼굴을 한껏 찌푸린 채였다.

"그럼 엄마는 어떻게 했어?"

"가게 나갔다가 다시 와서 나 어린이집에 데려다줬어."

"아침에 머리 감겨 주고?"

"아침에 감기도 하고 밤에 감기도 하고 안 감기도 했어."

"알았다, 알았어."

이모는 길게 한숨을 내쉬고 몸을 일으켰다. 하늘을 찌를 듯이 양팔을 높이 쭉 뻗더니, 주비 주먹이 들어가도 모를 만큼 입을 쩍 벌리고 하품을 했다.

"가서 물 좀 틀어 봐, 따뜻한 물 나오게."

"알았어!"

주비는 화장실을 향해 바람이 일어나도록 달려갔다. 드디어, 드디어 이모가 머리 묶어 주려나 봐. 주비는 기분이 너무 좋아서 하품하던 이모 못지않게 입을 벌리며 웃었다. 어쨌든 이모는, 주비가 아는 어른 중에서 머리를 제일 잘 땋는 사람이다.

기껏 양 갈래로 빗어 놓은 머리를 풀어 달라고 떼를 쓰던 때가 주비에게도 있었다. 엄마는 주비가 그럴 때마다 당황하기도 하고 화를 내기도 했다. 누구 닮아서 이렇게 별나니, 응? 누구 닮아서 이렇게 고집이 센 거야.

누구긴 누구야, 엄마를 닮았지. 거울에 나란히 비친 엄마가 울상을 지으며 타박하면 주비는 그렇게 생각하곤 했다.

어쨌든 그건 어디까지나 옛날 일일 뿐이다. 조금 바보 같고 아기 같을지라도 양 갈래 머리를 꼭 해야 할 이유가 생겼으니까. 그 이유는 아직은 비밀이지만 말이다.

그러니까 주비에게는, 주비네 집에 이모가 놀러 오는 것이 엄청난 행운이었다. 이모는 휴대폰으로 머리 땋는 영상을 틀어 놓고 그걸 따라 주비의 머리를 빗어 주는데, 내심 양 갈래 머리를 싫어하는 주비가 봤을 때도 이모가 해 준 머리는 정말 예쁘고 세련되었으니까. 주비랑 잘 놀아 주지 않고 맨날 휴대폰만 보는 이모를 그래도 좋아할 수밖에 없는 이유는 그래서였다.

그러니 어저께 들은 새 소식이 주비를 얼마나 기쁘게 했는지도 다 말할 필요가 없을 것이다. 전에는 어쩌다 한 번 얼굴을 까먹을 때쯤에나 주비네 집에 놀러 오곤 하던 이모가, 이제는 일주일에 한두 번씩은 꼭 주비를 보러 오기로 한 것이었다. 엄마가 너무 바빠져서 주비를 어린이집에 데려다주는 게 힘들어졌기 때문에.

물론 주비는 엄마를 좋아하고, 이모랑 엄마 중에 누가 더 좋으냐 하면 셋을 세기도 전에 엄마를 고를 테지만, 엄마가 바빠진 건 참 잘된 일이라고 생각했다.

"어머, 주비 오늘은 이모랑 왔구나. 이모님 맞으시지요?"

"네, 안녕하세요? 당분간은 자주 인사드리게 될 것 같아요."

이모와 어린이집 선생님이 인사를 주고받을 동안 주비는 양 손을 허리에 얹고 뻐딱하게 서 있었다.

"주비, 어디 아프니? 아침부터 기분이 안 좋아 보이네."

"아픈 데는 없어요, 머리 안 땋아 줬다고 저래요."

"어머, 주비도 참."

어른들은 꽤나 재미있는 얘기라도 주고받은 듯이 웃었다. 주비는 이모를 돌아보지도 않고 신발을 휘딱휘딱 벗어 던진 다음 안으로 달려 들어갔다. 평소 신던 운동화라서 그래도 됐다. 이모는 머리도 안 땋아 줬으면서 신발까지 마음대로 못 신게 했다.

"야 신주비, 너 이모한테 인사도 안 하고."

"제가 잘 타일러 볼게요."

뒤에서 어른들이 목소리를 높이고 낮춰 가며 주고받은 이야 기는 주비의 귀에도 다 들렸다. 뭐야, 이모는. 꼭 내가 나쁜 사람인 것처럼 말하고. 약속 안 지킨 건 이모잖아, 이모가 나를 속였으면서. 눈물이 핑 돌았지만 울면 지는 것 같아서 주비는 참았다.

참아야 하고 말고. 다섯 살짜리도 아니잖아.

살짝 고인 눈물을 팔로 슥슥 닦으니 눈이 따가웠다. 모처럼 입은 레이스 원피스 소매가 눈꺼풀을 할퀸 것이다.

"주비야, 오늘 엄청 예쁘다."

시아였다. 주비는 풀 죽은 목소리로 발끝을 내려다보며 대답했다.

"안 예뻐. 머리 봐 봐."

"공주님 같아. 로즈 공주. 왕관만 있으면."

타이츠 속에서 꼼지락대는 발가락만 내려다보던 주비는 그제야 고개를 들었다.

"정말이야?"

로즈 공주는 어린이집 아이들이라면 다 아는 애니메이션에 나오는 주인공이다. 다 같이 역할 놀이를 하면 여자아이들은 모두 로즈 공주 역을 맡고 싶어 했다.

"응. 다른 애들은 어떻게 생각할지 모르겠지만……."

그럼 그렇지. 시아 눈에만 예뻐 보인다는 거겠지. 그게 뭐가 중요하다고. 주비는 흥 하고 콧방귀를 뀌었지만, 시아는 방금 전 주비가 그랬듯 고개를 푹 숙이고 작게 속삭이듯이 말했다.

"난 주비가 로즈 공주보다 예쁘다고 생각해."

"뭐라구?"

"아무것도 아니야."

두 볼을 발그레하게 붉히며 고개를 든 시아는, 시아야말로 예뻤다. 주비가 보기에는 그랬다. 또렷한 쌍꺼풀과 빼곡한 속눈썹이 레이스처럼 눈을 장식하고 있었고 얼굴이 하얘서 그 커다

랗고 까만 눈과 작고 빨간 입술이 톡톡 두드러졌다. 어른들도 주비가 안녕하세요 하면 아이고 인사 잘하네 하고, 시아가 안녕하세요 하면 어머 예뻐라! 했다. 예쁜 건 놀랄 일이라는 걸 주비는 시아 덕에 알게 됐다. 하지만 시아가 예쁘다는 사실은 누가 가르쳐 주지 않아도 알 수 있었다. 놀라지도 않고 말이다.

그래서 사실은 시아야말로 꾸미지 않아도 로즈 공주 같다고 주비는 생각했지만, 말은 안 했다.

"신주비 똥 머리 했다."

어느샌가 다가온 오영명이 갑자기 큰 소리로 외쳤다. 아이들이 전부 주비를 바라보았다.

"오영명 너 죽을래?"

질 수 없다는 듯 호통을 치긴 했지만, 안 그래도 머리 때문에 자신감이 떨어진 주비는 울상을 지었다. 이모가 머리를 양 갈래로 땋지 않고 머리 위로 쫑쫑 싸매 놔서 오늘 계획을 다 망치게 생겼는데, 오영명 같은 게 놀리기까지 하니 자존심이 상해 참을 수 없었다. 하지만 뭐라고 해야 하지? 분해서 오히려 말문이 막힌 주비를 대신해 시아가 나섰다.

"이게 무슨 똥 머리야, 당고 머리지."

"우리 엄마는 똥 머리라고 하거든?"

"우리 엄마는 당고 머리라고 하거든."

"당고가 뭔데?"

"몰라."

티격태격 말싸움을 하는 시아와 오영명을 둘러싸고 아이들이 몰려들었다. 여자아이들은 시아와 주비 편, 남자아이들은 오영명 편이었다.

"그럴 줄 알았어. 말 지어 내지 마라, 장시아."

"지어 낸 거 아니거든? 그럼 너네 엄마는 머리 똥 하고 다니고 우리 엄마는 머리 당고 하고 다니는 거라고 쳐."

뭐, 우리 엄마 머리 똥? 오영명 얼굴이 확 빨개졌다. 누가 봐도 시아가 오영명을 한 방 먹인 상황이었다. 당고가 뭔지는 아무도 몰라도, 똥이 뭔지 모르는 애는 하나도 없으니까. 시아 편이든 오영명 편이든 아이들은 다 같이 웃음을 터뜨렸다. 오영명네 엄마는 머리에 똥 있대요. 구경하던 아이들이 노래하듯 오영명을 놀려 댔다.

"우리 엄마가 아니고 신주비 머리에 똥 있다고!"

씩씩거리던 오영명이 시아에게 달려들려는 순간, 선생님이 들어왔다. 오영명은 주먹 쥔 양손을 주비와 시아에게 보여 주며 자기 자리로 돌아갔다. 시아도 질세라 오영명을 쩌려보더니 주비에게 속삭였다.

"오영명 쟤 너 좋아하나 봐."

뭐? 하고 주비는 살벌하게 인상을 썼다. 시아는 살짝 놀란 듯하더니 재빨리 덧붙였다.

"엄마가 그러는데 남자들은 좋아하는 사람을 막 괴롭힌대."

주비도 그런 얘기를 엄마한테서 들은 기억이 났다. 정말 그러면 어떡하지? 걱정이 되어서 이모한테도 물어봤는데 이모는 아니라고 했다. 좋아하는 사람을 괴롭히는 건 남자라서가 아니라 멍청이라서 그런 거라고. 주비는 이모보다는 엄마를 더 좋아하지만, 그때만큼은 이모 말을 더 믿고 싶었다. 밤이 오빠는 주비를 전혀 괴롭히지 않으니까. 엄마 말대로 괴롭히는 게 좋아하는 증거라면, 밤이 오빠는 왜 주비를 괴롭히지 않는 거냐고.

"그거 아니야."

주비도 시아의 귀에 대고 소곤소곤 말했다.

"그리고 내 생각에는 내가 아니라 시아 너를 좋아하는 것 같아. 오영명 말야."

주비 쪽으로 몸을 기울이고 가만가만 듣고 있던 시아는 얼굴을 한껏 찡그리며 고개를 저었다. 내 생각이 맞을걸? 오영명 쟤는 나한테 시비를 걸면 시아가 내 편을 들어서 둘이 싸우게 되니까 괜히 나한테 그러는 거야.

그렇지만 시아가 찡그리는 것도 주비는 이해할 수 있었다. 주비도 인상부터 썼으니까. 나라도 싫지, 싫고말고. 저런 애가 나를 좋아하다니.

생각만 해도 싫어서 주비는 으 하며 몸서리를 쳤다. 오영명은 시아와 주비를 힐끗 돌아보며 그 짧은 혀를 쭉 내밀더니, 언제 그랬냐는 듯 다시 고개를 돌렸다.

"선생님, 저 상가 갔다 와도 돼요?"

낮잠 시간이었다. 어린이집이 있는 아파트 지하에는 채소를
파는 엄마 가게뿐 아니라 빵집, 옷 가게, 슈퍼마켓, 열쇠·도장
가게, 문방구, 미용실 등등 여러 가게가 있었다. 주비네 어린이
집에 다니는 아이들의 엄마 아빠는 거의 다 그 상가에 있었다.

"금방 갔다 와서 낮잠 잘 수 있겠어?"

"네."

"선생님이 데려다줄까?"

"아니요."

주비는 힘차게 고개를 저었다. 어린이집이 있는 1층과 상가
가 있는 지하 1층 엘리베이터 버튼은 모두 주비가 누를 수 있는
높이에 있었다.

"그럼 주비 어머님께 전화드려 둘게. 다른 데로 가면 안 된다.
알겠지?"

"네!"

주비는 새총으로 쏜 콩알같이 현관으로 달려 나가 신발을 신
었다. 신발을 꺾어 신으면 엄마한테 혼나니까 발끝으로 복도를
두드려 가며 신발을 단단히 신고 엘리베이터를 탔다.

마침 가게에는 손님이 없었고, 그래서인지 엄마는 안쪽 평상

에 앉아 꾸벅꾸벅 졸고 있었다.

"엄마, 엄마."

주비의 목소리에 엄마가 눈을 번쩍 떴다.

"나 머리 다시 묶어 줘."

"응?"

"이모가 머리 이렇게 해 놨어. 반반으로 다시 묶어 줘."

"지금? 빗도 없고 머리끈도 없는데."

주비의 말에 엄마가 손사래를 치던 참에 손님들이 왔다. 한 두 명도 아니고 네 명이나 되는 할머니들이었다.

"주비, 엄마 바빠. 내일은 꼭 머리 반반으로 땋아 줄게. 오늘은 참아."

"엄마아."

말끝을 길게 늘어뜨리며 엄마를 불러 보았지만 엄마는 손님들을 대하느라 주비는 돌아보지도 않았다.

"아, 정말. 엄마까지 왜 이래? 나 너무 속상해."

주비가 울상을 지으며 한 말에 할머니 손님들이 입을 가리며 작은 소리로 깔깔 웃었다. 왜 웃지? 남은 속상해 죽겠는데. 주비는 기분이 너무 나빠서 발을 찰딱찰딱 구르며 가게를 나왔다.

어른들은 다 바보야. 이모도 바보고 엄마도 바보고 할머니들도 바보야. 낮잠 시간이 끝나면 곧 밤이 오빠가 오는데, 왜 아무도 나를 도와주지 않는 거야?

상가로 내려올 때와는 영 딴판으로 어깨를 늘어뜨린 채 엘리베이터에 탄 주비는 정말로 자기가 로즈 공주라면 얼마나 좋을까 상상했다. 변신 마법을 쓸 수 있는 로즈 공주라면, 머리를 땋아 달라는 부탁 따위 누구한테도 하지 않아도 될 테니까.

내가 머리를 항상 양 갈래로 땋고 다니면 밤이 오빠가 나랑 결혼해 주겠지?

낮잠을 자는 시아 곁에 누우면서 주비는 생각했다. 자고 일어나면 마법으로 머리가 바뀌어 있으면 좋겠다는 생각도 했다.

아쉽게도 마법은 일어나지 않아서, 밤이 오빠는 똥 머리를 한 주비를 거들떠도 보지 않았다.

수요일

평소에 주비네 엄마 아빠는 새벽 3시에서 4시 사이에 집을 나선다. 엄마 말을 빌리자면, 주비네 집하고 어린이집과 상가가 있는 건물은 아파트 단지의 끝에서 끝에 있다. 처음과 끝이 아니라 끝에서 끝이라니. 그게 얼마나 이상한 말인지는 둘째 치고, 아무튼 누군가는 주비를 매일 어린이집으로 데려다주어야 했다.

그래서 엄마는 새벽 3시에서 4시 사이에 나갔다가 7시쯤 집

으로 돌아와 주비를 씻기고 먹이고 입혀서 어린이집에 데려다
준 다음 다시 가게에 나가곤 했다. 그런 와중에 머리가 단정하
지 않으면 어른들이 주비가 아니라 엄마 흉을 볼 거라며 매일
똑같이 머리를 땋아 주었던 것이다.

"싫어, 시아처럼 머리 풀고 다닐래."

"시아는 생머리니까 그렇지. 주비는 숱도 많고 반곱슬머리
라 안 묶으면 사자 돼."

"아니야, 사람이 어떻게 사자가 돼!"

"어휴, 애들이 다 시아처럼 머리 풀고 다니면 어린이집 바닥
에 머리카락이 드글드글할 텐데. 시아 엄마도 참."

이른 아침마다 그렇게 입씨름을 벌이던 주비가 언젠가부터
돌변했으니 엄마도 황당했을 것이다. 머리를 아무리 당겨 묶어
도 고분고분한 데다 자진해서 머리를 땋아 달라고 조르기까지
하고, 일찍 일어나지 못하면 머리를 땋아 줄 수 없다고 하자 일
찍 자고 일찍 일어나는 습관까지 들였으니 말이다.

이미 말했듯 그건 주비가 알아낸 중요한 비밀 때문이었고, 그
비밀은 주비가 좋아하는 밤이 오빠와 떼려야 뗄 수 없는 관계가
있었다.

"주비야, 기분 좋아 보여."

시아의 아침 인사에 주비는 씩 웃었다. 좋을 수밖에. 어제는

이모가 마음대로 머리를 망쳐 놓았지만, 오늘은 바라던 대로 머리를 양 갈래로 땋았는걸. 게다가 엄마가 어제는 머리 못 해 줘서 미안하다며 체리 모양 방울이 달린 머리끈까지 두 개나 사 왔다구.

"이거 봐라."

주비는 땋아서 도넛처럼 둥글게 올려 묶은 머리꼭지에 달린 체리를 가리켰다.

"너무 예뻐, 주비야."

"그래?"

아끼던 원피스를 전날 입어 버린 바람에 오늘은 엄마가 골라 주는 대로 아기들이나 입을 법한 멜빵바지를 입을 수밖에 없었던 건 아쉽지만, 중요한 건 머리였다. 너무 좋아서 가만히 있어도 입이 자꾸 움직여 웃는 모양이 되었다. 주비가 웃으니까 시아는 영문도 모르고 따라 웃었다. 시아한테 비밀을 가르쳐 줄까? 시아라면 괜찮을지도.

"시아야, 내가 비밀 얘기해 줄까?"

"무슨 비밀?"

"아무한테도 말하면 안 돼."

"당연하지."

시아는 비장한 얼굴로 주먹 쥔 오른손을 내밀더니 새끼손가락을 힘주어 펴 보였다. 주비도 새끼손가락을 내밀어 시아의 손에 걸었다.

"진짜 비밀이야."

시아의 귀에 입을 갖다 대고서도 주비는 한 번 더 그렇게 말했다. 시아가 고개를 끄덕였다. 주비는 두근두근 뛰는 가슴에 손을 얹고 속삭였다.

"밤이 오빠는……."

밤이 오빠한테 귓속말을 하고 있는 것도 아닌데, 밤이 오빠라고 말하고 보니까 가슴이 너무 세차게 뛰어서 주비는 잠깐 숨을 골랐다. 그렇게도 중요한 비밀인 것이었다. 한 번에 말하기가 벅찰 만큼이나.

"머리를 양 갈래로 묶은 사람만 엄마 시켜 줘."

시아가 몸을 바로 하더니 미간을 찌푸렸다. 그게 무슨 비밀이야? 그런 표정 같았다.

"진짜 비밀로 해야 돼. 아직 나밖에 모르는 것 같거든."

주비의 신신당부에 고개를 끄덕이면서도 시아는 여전히 미심쩍은 모양이었다.

"소꿉놀이 할 때 말야?"

"응."

"그랬던가?"

"응."

오후에 하는 소꿉놀이에서 밤이 오빠는 언제나 아빠 역할이

82

었고, 엄마가 되려면 머리를 양 갈래로 묶어야만 했다.

어제만 해도 그랬다. 주비는 비장의 레이스 원피스를 입고서도 밤이 오빠의 신부로 간택되지 못했다. 왜냐, 머리를 양 갈래로 묶지 못했으니까. 머리를 양 갈래로 땋은 날에는 아무리 별로인 옷을 입었어도 당당하게 엄마 자리를 차지할 수 있었는데 말이다.

시아가 한 번도 엄마 역할을 한 적이 없다는 사실도 중요한 증거였다. 눈에 띄게 예쁘고 누가 봐도 예쁘고 어린이집에서 제일 예쁜 아이가 시아인데, 밤이 오빠는 머리를 풀고 다니는 시아를 거들떠보지도 않았다.

이유는 알 수 없지만 밤이 오빠는 머리를 양 갈래로 묶은 여자애에게만 엄마의 자격이 있다고 생각하는 것이었다.

"주비는 도범이 오빠가 좋아?"

"응, 너무 좋아. 밤이 오빠."

어린이집에 밤이 오빠를 안 좋아하는 여자애도 있을까? 그것까진 생각해 본 적 없는 주비였다.

주비가 다니는 어린이집은 사실 정식 어린이집이 아니라 상가에서 일하는 어른들이 아이를 맡기기 좋게 만든 곳이었고 선생님은 단 한 명뿐이었다. 주비는 그런 사정까지는 잘 몰랐지만, 밤이 오빠는 어린이집 선생님의 아들이고 따라서 어린이집은 밤이 오빠네 집이기도 했다. 초등학생인 밤이 오빠가 매일

어린이집에 오는 것은 그래서였다.

여덟 살이나 된 밤이 오빠는 잘생기기도 했지만, 어른스럽고 신사적이었다. 점심이랑 간식이 뭐였는지 광고라도 하듯 앞섶에 묻히고 다니거나 세상 심각한 표정으로 코딱지를 파서 입에 쏙 넣곤 하는 또래 남자애들, 예를 들어 주비와 시아를 괴롭히기나 하는 오영명 같은 애하고는 격이 달랐다. 옷도 늘 단정하게 입었고 어려운 말도 많이 알았다. 키도 다른 남자애들보다 한 뼘은 더 컸다.

"그렇구나."

혹시 시아도?

정말 그러기는 싫었지만, 시아가 밤이 오빠를 넘보지는 않을까 걱정되기 시작했다. 주비에게 시아는 가장 친한 친구이기도 했지만 어린이집에서 제일 예쁜 라이벌이기도 했다. 왜 여태 그 생각을 못 했지? 만약 시아가 밤이 오빠에게 마음이 있다면, 주비가 이기기 어려울 것 같았다. 시아에게 비밀을 털어놓은 것이 아주 조금 후회가 되었다.

"그럼 내일도 그거 하고 올 거야?"

시아가 주비 머리에 달린 체리 방울을 가리켰다.

"오늘 성공하면."

"꼭 성공하면 좋겠다."

시아가 양손으로 주먹을 불끈 쥐며 진지하게 말했다. 그런

84

시아를 보니 주비의 마음에 미안함이 솟았다. 잠깐이나마 시아를 경계하던 걸 반성해야 했다. 역시 시아는 내 편이야. 의심해서 미안해, 시아야.

남은 문제는 오늘따라 머리를 양 갈래로 묶고 온 애들이 너무 많다는 거였다. 눈에 띄는 애만 해도 다섯 명. 두 명은 종일반이 아니라서 밤이 오빠가 올 무렵이면 집에 갈 테지만, 나머지 세 명은 라이벌이라고 봐야 했다.

그렇지만 오빠는 날 선택할 거야. 오늘은 내 차례라구.

주비가 헛된 꿈을 꾸는 것은 아니었다. 주비가 양 갈래 머리를 하고 온 날이면 밤이 오빠는 어김없이 주비를 엄마로 꼽았으니까. 밤이 오빠가 먼저 나를 좋아한 게 아닐까, 주비가 착각하게 될 만큼 자주 엄마 역할을 시켜 줬으니까.

시아가 또 불쑥 물었다.

"도범이 오빠, 얼마나 좋아?"

"몰라."

"생각해 봐."

시아의 물음에 주비는 턱을 싸쥐고 심각한 고민에 빠져들었다. 내가 오빠를 얼마나 좋아하지? 사탕만큼? 돈가스만큼? 마이 멜로디만큼?

어쩌면…… 로즈 공주만큼? 아니지, 그보다는 훨씬 더 좋아하는 것 같아.

"엄마만큼."

한동안 마음을 셈하던 주비는 자신 있는 표정으로 말했다.

"그만큼이나?"

놀란 듯한 시아를 보면서 주비는 고개를 끄덕였다. 응, 난 엄마만큼이나 밤이 오빠가 좋아. 밤이 오빠도 그러면 좋겠어. 그건 주비가 아무에게도 말한 적 없지만 숨긴 적도 없는 비밀이었다.

목요일

"오늘도 이걸로 해 줘."

주비는 일어나자마자 베개 옆에 소중히 두고 잤던 체리 방울 머리끈 두 개를 엄마에게 내밀었다. 엄마는 군말 없이 주비의 부탁을 들어주었다. 잠투정 없이 일찍 일어난 데다, 단정하게 머리를 묶어 달라고 스스로 말하는데 거절할 이유가 없으니까.

주비는 괜히 화장실에 들락날락하며 거울에 머리를 비춰 보았다. 빨간 체리 방울이 쫑쫑 달린 머리는 주비가 봐도 너무 깜찍했다. 내 머리끈, 전날 작전을 대성공으로 이끈 머리끈. 주비는 양손으로 체리 방울들을 조심스레 어루만져 보았다. 혹시 이머리끈에 마법이 걸려 있는 건 아닐까?

"당신, 그거 예쁘네."

그건 생전 처음 듣는 말이었다. 밤이 오빠는 누구와 짝꿍이 되어 소꿉놀이를 하든 그런 말은 절대 하지 않았다. 당연하게 도, 주비는 뛸 듯이 기뻤다. 엄마로 선택되었을 때에도 이미 만 화 주인공이 된 것 같은 기분이었는데, 오빠가 예쁘다고까지 해 주니 기분이 너무 좋아서 당장 마법이라도 부릴 수 있을 것 같 았다. 어쩜, 밤이 오빠는 말도 멋있게 해. 당신 그거 예쁘네라니. 오빠의 말이 가슴에 통 부딪혀 와서 온몸에 메아리처럼 울리는 것 같았다.

"주비, 그러다 넘어질라."

어린이집을 향해 달리는 주비에게 엄마가 뒤에서 외쳤다. 그 러고 보니 엄마한테 고맙다고 안 했네. 멈춰 서서 엄마를 향해 돌아선 주비는 엄마에게 뽀뽀를 해 주려고 기다리고 있었는데, 엄마는 피곤한 얼굴로 천천히, 아주 천천히 걸어왔다.

"주비야!"

언제나처럼 시아는 주비에게 제일 먼저 아침 인사를 건넸다. 시아에게도 벅찬 마음과 기쁨을 전하려고 벌떡 일어난 주비는 곧 깜짝 놀랄 수밖에 없었다.

"시아야, 너 그거…….""

"응, 어제 엄마한테 사 달라고 했어."

주비는 뭐라고 해야 좋을지 몰라 잠깐 동안 멍하니 시아를 보고 있었다. 늘 머리를 풀고 다니던 시아가 양 갈래 머리를 하고 온 것도 놀랄 노릇이었지만, 그 머리 꼭대기에 달려 있는 것은 주비 것과 똑같은 빨간 체리 방울 머리끈이었다.

"어때?"

주비는 시아가 수줍어하는 걸 이해할 수 없었다. 오로지 한 가지 생각만 머릿속에서 부글부글 끓었다.

장시아 이 배신자.

이게 뭐 하는 짓이야? 내가 얘기해 준 비밀을 이렇게 써먹겠다는 거야? 친구라고 생각했는데……. 꼭꼭 믿고 비밀을 알려 줬는데?

"몰라."

주비는 쌀쌀맞게 말하고 시아로부터 멀찍이 떨어진 곳으로 갔다. 영문을 모르는 표정으로 시아가 다가오려 해서 주비도 곧 다시 다른 데로 가려고 했는데, 오영명이 끼어들었다.

"야, 신주비."

"왜?"

"장시아랑 너랑 똑같은 머리 하니까……."

"뭐?"

"너 진짜 못생겼다."

오영명은 자기가 말하고 자기가 킥킥 웃었다. 주비의 얼굴이 새빨갛게 달아올랐다.

"그 말 사과해!"

오영명의 뒤에 서 있던 시아가 소리를 지르며 오영명을 할퀴었다. 둘이서 엎치락뒤치락 싸울 동안 다른 여자애들이 선생님을 불러왔다. 선생님이 시아와 오영명을 겨우 떼 놓았지만 주비는 다 자기랑 상관없는 일처럼 느끼면서 그냥 계속 서 있었다.

내가 모를 줄 아나? 시아가 나보다 훨씬 예쁘다는 거. 오영명 진짜 짜증 나.

시아도 웃겨. 내 편 들어 준다고 내가 고마워할 줄 알고? 배신자 주제에 편드는 척은 왜 해.

시아와 멀찍이 떨어져 앉은 채로 주비는 생각에 골똘히 잠겼다. 그나저나, 이대로라면 오늘은 밤이 오빠가 시아를 엄마로 삼을 텐데. 시아도 엄마 역할을 한번 해 보고 나면 계속 하고 싶어질 텐데. 어떻게 하면 좋지?

어떻게 해야 내가 엄마가 될 수 있지?

낮잠 시간까지 끙끙 고민한 끝에 주비는 엄마를 찾아가기로 마음먹었다. 상가로 내려가는 주비는 발걸음도 마음도 무거웠다. 손님이 없는 틈에 휴대폰으로 드라마를 보던 엄마는 주비를 반갑게 맞았다. 엄마의 휴대폰 속에서 나오는 드라마는 저번에 이모가 보던 것과 같은 드라마인 듯했다. 어른들이 서로 소리를 지르고 째려보고, 음모를 꾸미는 드라마. 마침 주비도 음모를 꾸미는 중이었다. 그렇다고 반가울 것까지는 없었지만.

"신주비, 오늘은 왜 왔어? 머리도 묶어 줬구만."

"엄마⋯⋯."

"뭐 사 가야 돼?"

주비는 우물쭈물 손으로 손을 만지작거리다 말했다.

"나 껌 먹고 싶어요."

"갑자기 껌은 왜?"

엄마는 휴대폰에서 눈을 떼지 않았다.

"몰라, 껌 먹고 싶어."

그렇게 말해도 엄마가 자기를 돌아보지 않아서 주비는 우는 소리로 껌, 껌, 하고 점점 크게 외치기 시작했다. 한동안 시끄럽게 굴자 그제야 엄마가 주비를 돌아보았다.

"아니, 얘가 오늘 왜 이래. 아침에는 방방 날아가려고 하더니만."

엄마는 갸웃거리면서도 돈통에서 천 원짜리를 하나 꺼내 주더니, 가게 문을 나서는 주비에게 뒤늦게 생각났다는 듯 말했다.

"껌 삼키면 안 된다."

"알았어."

삼킬 리가 없지, 삼키면 작전 실패인걸. 주비는 슈퍼마켓과

문방구 사이를 두리번대다가 문방구에서 껌 하나를 샀다. 포장을 조심스레 까서 껌을 입에 넣고 껌 종이는 작게 구겨 거스름돈이 들어 있는 주머니에 넣은 다음, 엘리베이터에 탔다. 달고 향긋한 맛이 입안에 퍼졌지만 왠지 기분은 계속 나빴다. 엘리베이터에서 어린이집 문까지 가는 길이 너무 멀게 느껴졌다.

이건 다 네 잘못이야.

주비는 우울한 마음으로 낮잠 자는 시아를 내려다보며 그렇게 생각했다. 그렇게 생각하고서도 나쁜 기분은 떨칠 수 없었다. 주비는 어린이집 아이들이 모두 자고 있는지 잘 살펴본 다음, 시아 옆에 엎드려 입안에 들어 있던 껌을 꺼내 시아의 땋은 머리 한쪽에 붙였다.

그러고는 아무 일도 없었다는 듯 시아와 조금 거리를 두고 누운 채로 낮잠을 청했다. 만화에 나오는 마법 공주 대신, 그 공주를 괴롭히는 악당이 된 것 같은 기분이 들어서 잠이 오지 않았다.

잠들지 않은 채로 보내는 낮잠 시간은 엄청 길게 느껴졌는데, 그 긴 시간이 다 지날 무렵 누군가가 가까이에서 꺄악 비명을 질렀다. 시아겠지, 주비는 눈을 감은 채로 생각했다. 어쩐지 가슴 언저리가 따끔거렸다.

"어떡해, 머리에 더러운 거 묻었어."

울음 섞인 목소리는 역시나 시아의 것이었다. 아이들이 웅성

거렸고 주비도 자리에서 일어났다. 자다가 조금 뒤척였는지 시아의 머리에 붙어 있던 껌은 바닥에도 옮겨 붙은 듯했고, 시아가 일어날 때 늘어난 바람에 머리와 바닥 사이에 거미줄같이 지저분하게 늘어져 있었다.

끝내 시아가 울음을 터뜨렸다. 어떡하지, 어떡하지. 주비는 입을 틀어막았다. 밤이 오빠랑 소꿉놀이를 할 때랑은 비교도 되지 않게 가슴이 뛰었다. 너무 무섭고 기분이 나빠서 토할 것 같았다. 아까는 다 시아 잘못이니까 그래도 된다고 생각했는데, 저지르고 보니 진짜로 잘못한 건 주비였다. 아까는 그걸 몰랐고 지금은 알게 된 것이 너무 이상했다.

"선생님!"

누가 소리를 지르며 밖으로 나갔고 또 누구는 만들기 바구니를 들고 시아한테 달려왔다. 만들기 바구니를 가져온 애는 오영명이었다. 오영명은 씩씩대며 바구니를 뒤져 가위를 찾더니 다른 애들이 말리기도 전에 시아의 머리에 갖다 대고 눌렀다.

"왜 안 잘리는 거야?"

단단히 땋아 놓은 머리 타래는 잘 잘리지 않았고 오영명은 끙끙대며 계속 가위질을 해 댔다. 뒤늦게 정신을 차린 시아가 오영명을 밀쳤지만 오영명은 끈질겼다.

"하지 마! 하지 말라고!"

"왜 그래, 도와주려고 하는 거잖아!"

결국 오영명이 시아의 머리카락 한쪽을 거의 다 자른 후에야 선생님이 왔다.

"아이고…… 껌이 붙었구나. 린스 발라서 떼면 되는데."

선생님은 껌이 붙은 바닥과 시아의 머리와 가위를 들고 있는 오영명을 번갈아 보더니 다 알겠다는 듯 혀를 쯧쯧 찼다. 선생님의 말을 들은 시아는 서럽게 울기 시작했다.

땋아서 도넛 모양으로 동그랗게 묶었던 시아의 머리는 껌이 붙은 한쪽 끄트머리가 마구잡이로 잘린 채 대롱대롱 매달려 있었다. 선생님은 오영명에게 벽을 보고 서 있게 벌을 준 다음 시아의 머리를 풀어 매달려 있던 머리 타래를 떼어 냈다.

"껌 가져온 사람은 누구야?"

선생님이 주비를 보며 물었다. 낮잠 시간에 밖에 나갔다 온 사람이 주비밖에 없으니, 선생님은 이미 범인을 알고 있었던 것이다.

"저요."

주비는 힘없이 손을 들었다. 놀란 눈으로 이쪽을 보는 시아와 눈을 마주치지 않으려고 무척 애를 썼지만, 잘 되지 않았다. 그래서 별수 없이 주비도 울고 말았다.

"왜 그랬어?"

주비는 선생님에게 안긴 채로 엄마 가게에 갔다. 앞뒤 사정을 선생님에게 모두 들은 엄마는 주비에게 다그쳐 물었다. 주비는 한참 울어서 나른하기도 하고 말이 잘 나오지 않기도 해서 고개만 절레절레 저었다.

"일부러 그랬어?"

일부러 그런 것이 맞았다. 시아가 주비 머리를 따라 해서. 주비보다 예쁜 시아가 주비랑 똑같은 머리를 해서 밤이 오빠를 빼앗아 가려고 해서. 하지만 그것까지 털어놓으면 엄마가 너무 실망할 것 같았다. 잘은 모르겠지만, 왠지 그것만은 말해서는 안 될 것 같았다.

"모르고 그랬어."

주비는 거짓말을 해 놓고 또 엉엉 울었다.

"시아한테 사과하러 가자."

"싫어⋯⋯."

"시아가 그렇게 싫어?"

그게 아니고 내가 잘못해서 시아를 보면 마음이 따끔거려서, 그게 싫은 건데. 엄마는 알지도 못하고. 어떻게든 잘 말해 보려 했지만 말이 나오지 않아서 주비는 고개만 저었다. 너무너무 슬펐다. 시아가 엄마가 될까 봐 걱정돼서 저지른 잘못 때문에 밤이 오빠랑 소꿉놀이도 못 하게 됐고, 가장 친한 친구인 시아의 머리를 엉망으로 만들어 버렸다. 생각할수록 후회되어서 울음을 쉽게 그칠 수가 없었다. 엄마는 한숨을 내쉬고는 주비를 이

끌고 시아네 가게에 갔다.

앤티크 소품 가게인 시아네는 주비네 가게에서 조금 멀리 떨어져 있었다. 주비는 사과하러 왔다는 것조차 잠시 잊은 채 시아네 가게에 있는 예쁘고 신기한 물건들을 구경했다. 이윽고 가게 뒤편에 딸린 작은 방 문을 열고 시아네 엄마가 나왔다. 주비는 시아네 엄마를 본 적이 있지만 새삼스레 눈을 크게 떴다. 예쁜 것투성이인 그 가게에서 제일 예쁜 건 시아네 엄마였다. 시아가 그렇게 예쁜 건 자기 엄마를 닮아서였다. 시아네 엄마에 비하면 주비의 엄마는 주인공을 괴롭히는 못된 사람 같다는 생각이 들 정도였다. 그렇게 생각하니 또 괜히 심술이 났다. 나도 그렇겠지, 나도 우리 엄마를 닮아서 뎅그렁 감자 같고 부스스 흙 당근 같겠지.

"시아 어머니, 안녕하세요?"

주비가 무슨 생각을 하는지도 모른 채 엄마는 침착하게 인사를 건넸다.

"어머, 네. 안녕하세요? 방금 어린이집 선생님 왔다 가셨는데……."

"네……. 그래서 사과드리러 왔어요. 주비도 시아한테 사과하라고 하려고요."

"그러셨구나. 잠깐 앉았다 가실래요?"

"가게 열어 두고 와서 오래는 못 있을 것 같아요. 죄송해요."

시아네 엄마는 가게 안쪽에 잠깐 눈길을 주고는 목소리를 낮추었다.

"시아는 지금 자요. 하도 울어서 진이 다 빠진 것 같더라고요."

"주비 잘 타일러서 나중에라도 사과하게 할게요. 시아한테 꼭 물어봐 주세요. 사과받았는지."

"아니에요. 애들이니 놀다가 껌 좀 붙을 수도 있죠. 껌보다 머리 자른 게 더 큰일인데, 걔는 코빼기도 안 비치는데요, 뭐."

그야 일찍 어린이집을 떠난 시아랑 주비하고는 다르게 오영명은 어린이집에서 계속 벌을 서고 있을 테니까. 걔는 벌서기가 끝나도 사과하지 않을걸요. 자기가 시아를 구해 주려고 그랬다고 생각할 테니까. 주비는 자기도 잘한 것 하나 없다는 걸 알면서도 속으로 오영명 흉을 봤다.

"그래도 죄송해요, 정말."

걱정스러운 목소리로 엄마가 건넨 사과에 시아네 엄마는 크게 웃었다.

"웃어서 저야말로 죄송해요. 그런데요, 시아는 주비가 너무 좋아서 괜찮대요. 시아가 오히려 주비한테 미안하대요. 자기가 오늘 주비 머리를 따라 해서 주비 기분이 안 좋아 보였대요."

긴 울음 뒤 이어지는 딸꾹질 같은 숨 때문에 계속 들썩거리던 주비는 번뜩 정신을 차렸다.

시아는 다 알고 있구나.

시아는 내가 일부러 그런 걸 알아.

그런데도 자기가 미안하다고 했어.

"머리 커트 비용이라도 드려야 제 마음이 편할 것 같
아요……."

"아니에요, 정말 괜찮아요. 그나저나 쟤가 일어나야 미용실
에 가든지 말든지 할 텐데."

문득 시아네 엄마가 돌아본 작은 방에서는 아무런 소리도 새
어 나오지 않았다.

금요일

금요일은 이모가 주비를 데려다주기로 엄마랑 약속한 날이
다. 이모는 의기양양하게 휴대폰을 꺼내 주비에게 보여 주었다.

"신주비, 니가 저번에 하도 뭐라고 해서 이모가 고난이도 머
리 땋는 영상 찾아 왔다. 이거 해 보자."

"아니야, 이모. 이모도 피곤하잖아."

주비가 한 말에 이모는 입을 떡 벌렸다.

"너 가끔 뭔가 어른스러운 말을 하더라. 엄마 따라 하는
거야?"

"내가 그래?"

"방금 그 말도 그래."

이모는 미심쩍은 표정을 지우지 못한 채로 주비의 머리를 묶어 주었다. 이모와 엄마가 일명 '삐삐 머리'라고 부르는, 양쪽으로 갈라땋기만 한 간단한 머리였다. 삐삐가 뭔데? 하고 물어도 이모와 엄마는 제대로 대답도 않고 요즘 애들은 삐삐도 모르고……라며 웃을 뿐이었다. 아무튼 적당한 스타일이라고 할 수 있었다. 시아에게 미안해서 화려한 머리는 할 수 없었지만, 그거랑 밤이 오빠랑 소꿉놀이를 하는 건 서로 다른 문제니까.

어린이집 선생님과 이모에게 공손한 배꼽 인사를 하고 잽싸게 방으로 들어갔지만 시아가 보이지 않았다. 한참을 두리번거리던 주비는 갑자기 불안감을 느꼈다. 설마 시아가 이제 어린이집에 안 나오면 어떡하지? 아파트에서 멀리 떨어진, 시내에 있는 어린이집에 다니기로 했으면 어떡하지?

아침마다 하는 어린이 체조가 끝나고도 한참 동안 시아가 오지 않았으니, 주비가 그런 생각을 하는 것도 이상할 것은 없었다. 하지만 시아는 결국 어린이집에 나타났다. 늦게서야 살그머니 들어온 시아를 본 주비는, 어저께 자기랑 똑같은 머리를 한 걸 봤을 때보다 더욱 크게 놀랐다.

"시아야!"

시아는 짧은 커트 머리를 하고 있었다. 머리를 남자애처럼 짧게 자르고 나타난 시아를 보고 주비뿐 아니라 모든 아이들이 시끌시끌 떠들기 시작했다.

"머리 어떻게 된 거야?"

"어제 너무 오래 자서 아침에 미용실 갔다 왔어."

"아니, 그게 아니고."

꼭 가수 같아. 주비는 그런 생각을 하고 있었다. 어깨 밑으로 내려오는 긴 생머리를 풀고 다닐 때 시아는 공주님이었는데, 머리가 짧아지니까 남자 아이돌 가수 같았다. 왕자님 같다는 뜻도 됐다. 로즈 공주와 운명으로 이어진 왕자님.

"늦어서 미안해, 주비야."

어째서인지 시아의 말을 들으니 눈물이 핑 돌았다. 잘못한 건 난데 왜 또 미안하다고 하는 거야. 네가 그러면 내가 더 나쁜 아이처럼 느껴진단 말이야. 결국 주비가 큰 소리로 울음을 터뜨렸고 시아는 당황했다.

"주비야, 울지 마. 내가 잘못했어."

뭘 잘못했다는 거냐고, 대체. 주비는 우느라 숨을 힉힉 몰아쉬며 말했다.

"머리가 완전히 남자애처럼 됐잖아."

"나는 이 머리 좋은데, 주비는 마음에 안 들어?"

시아가 자기 앞머리를 이마 옆쪽으로 살짝 넘기며 물었다. 주비는 세차게 고개를 저었다. 그렇게 잘 어울리는 머리를 어떻게 마음에 안 들어할 수가 있겠어?

"아니, 멋있는 것 같아."

"내 머리 멋있어?"

"응."

주비의 솔직한 대답에 쑥스러워졌는지 시아는 뒷머리를 긁적였다.

"그럼 있잖아, 이따가 나랑 소꿉놀이 할까? 내가 아빠 하면 되잖아."

생각지도 못한 시아의 제안에 주비의 입이 떡 벌어졌다. 텔레비전에서 튀어나온 왕자님 같은 시아가 주비하고 소꿉놀이를 하고 싶어 하다니. 그런 시아와 짝이 되면 주비는 로즈 공주가 되는 거나 마찬가지였다. 당연히 좋다고, 너무너무 좋다고 하고 싶었지만, 왠지 바로 대답할 수가 없었다. 밤이 오빠 생각이 나 버렸기 때문이다.

"시아야, 우리도 엄마 시켜 줘."

주비가 대답을 망설이는 사이 다른 여자애들이 와서 시아에게 조르고 있었다. 이제부터는 다 같이 돌아가면서 엄마 역할을 맡으면 좋겠다면서. 시아는 그것도 좋지만, 자기가 엄마만큼 좋아하는 사람은 주비밖에 없으니까 주비가 엄마를 해야만 아빠 역할을 맡겠다고 고집을 부렸다. 어떤 여자애는 시아가 엄마를 하고 자기가 아빠를 해도 된다고 하고 있었다.

갑자기 여자애들한테 인기가 많아진 시아를 보니 주비도 마음이 급해졌다. 시아랑 소꿉놀이를 할 수 있는 사람은 자기뿐이라고 딱 잘라 말하고 싶었지만, 자꾸 밤이 오빠 생각이 났다. 자기까지 다른 여자애들처럼 밤이 오빠를 배신할 수는 없다는 생각이 들자 그쳤던 눈물이 다시 났다. 주비가 어린이집이 떠나가라 큰 소리로 울기 시작했을 때, 웬걸 더 큰 소리로 울음을 터뜨린 애가 있었다.

"시아가 남자애가 됐어!"

시아의 머리를 그렇게 만든 공범 주제에 뭘 잘했다는 건지, 오영명이 세상 서럽게 울었다.

(2022)

작가의 말

1부와 2부에 실린 이야기들은 모두 어른이 된 후에 쓴 것이다. 아니지. 구체적으로 말해야지. 정확히 말하면 서른이 넘은 후에 쓴 것이다. 나는 언제부터 어른이었을까? 서른 살 전 언젠가에 어른이 되었겠지만, 스무 살이 넘은 직후는 확실히 아닌 것 같다.

구체적이고 정확하게 말하고 싶다면서 이렇게밖에 쓰지 못하는 이유는 정말 헷갈리는 주제라서다. 내가 어른이라는 사실은 여태까지도 종종 어색하고, 이 증상은 앞으로도 나아지지 않을 듯하다.

그러면서도 내가 어른인 걸 의심하지 않는 이유는 시간이 너무 빨리 흐른다는 생각 때문이다. '왜 이렇게 시간이 안 가지? 이 모든 것이 되도록 빠르게 흘러가고 어서 어른이 되어야 할 텐데…….' 나는 이제 이런 생각을 하지 않는다. 바꾸어 말하면 시간이 빨리 흐르기를 바라던 때까지가 내 청소년기였던 셈이다.

1부에 실린 세 소설의 공통점을 꼽자면 내가 잊었던 그 마음, 지금이 어서 지나가고 지금 닥친 위기나 곤란쯤은 아무렇지 않게 여기는 어른이 되기를 바라는 마음을 담았다는 점일 것이다. 어른이 되고 싶다는 생각은 어른이 아니어야 할 수 있다. 그런데 이상하게도 이 마음에는 어른을 넘어서는 어른스러움이 스며들기도 하는 것 같다. 시간이 흐르면 자동으로 되는 어른이 아니라, 현명함과 강인함을 갖춘 이상적인 어른을 마음의 지향점으로 삼아서일 것이다.

솔직한 마음

첫 장면을 제일 먼저 떠올린 소설이다. 학교에서 자면 악몽을 꾸기 쉽다는 건 내 경험이 반영된 이야기이기도 하다. 학교에서 정말 많이 잤다. 야간 자습 시간에 연필로 소설을 쓰고 집에 가서는 그걸 컴퓨터에 옮긴 후 밤새 이어 가며 소설을 썼다. 그러지 않았다면 키가 지금보다는 좀 더 컸을지도 모르는데.

이 소설은 『A 군의 인생 대미지 보고서』(강석희 외, 창비교육)

103

라는, 학교 폭력을 주제로 한 소설 앤솔러지에 수록되었다. 오늘날의 교실에서, 매우 예민하고 섬세한 태도로 폭력에 대응하는 이야기를 떠올리며 구상했다. 폭력의 공론화에서 파생되는 또 다른 폭력에 대해 말하고 싶었다. 다소 이기적이고 생각이 짧은 주인공이 일련의 사건들을 통과하며 하는 생각들을 솔직하게 쓰려 했다. 그래서 제목은 '솔직한 마음'.

정의롭고 선량한 자세가 얼마나 귀한 것인가에 대해서는 잘 안다. 그렇지만 이야기로 보면 처음부터 착한 주인공보다는 앞으로 착해질 수도 있는 주인공에 좀 더 끌린다. 이유는 단순하다. 그것이 성장이라 믿기 때문이다.

안녕, 장수극장

내가 자랄 동안에 고향 강원도 철원에는 극장이 없었다. 내내 없지는 않았고, 동시 상영관 하나가 불타 없어졌다가 재건되었다고 들었다. 새로 개장한 극장에 친척 어른이 투자를 했다고 듣기도 했다. 길지 않았던, 불에 타기 전 그 극장의 운영 기간에 「쉬리」와 「번지 점프를 하다」를 봤다. 둘 다 15세 관람가 영화다. 모두 내가 초등학교를 졸업하기 전 얘기라 기억이 가물가물하다.

실제로 지역 어른들의 인터뷰가 학교 축제에서 상영되는 것을 보기도 했다. 내가 다니던 학교는 중고등학교가 한 울타리 안에 있으면서 급식소와 강당 등을 공유하는 구조였는데, 고등학교 축제 날에 강당 앞을 지나가다가 영상에서 흘러나오는 서점 앞 호두과자 포장마차 아주머니의 목소리를 듣고 멈춰 섰던 것 같다. 중학생이던 나는 아마 강당 건물 3층에 있는 음악실이나 미술실에 가는 길이었을 것이다. 고등학생 언니들은 천재라고 생각하며 지나쳤던 기억이다.

말하자면 이 소설에는 나의 초중고 학창 시절이 두루 조금씩 담겨 있다. 그 시절의 내가 가장 많이 하던 생각은 '이놈의 집구석'과 '반드시 명문대'였다. 서울에 있는 대학에 합격하지 못하면 철원을, 부모님 곁을 절대로 떠날 수 없을 거라 생각했기 때문이다.

첫 장면을 쓸 때 나는 서울의 반지하 자취방에 있었다. 콧등에 땀이 송글송글 맺힌 내 모습을 방송 카메라가 촬영 중이었다. EBS 다큐프라임 「게임에 진심인 편」에 출연하게 되었는데, '더 심즈 4'라는 게임을 하면서 나와 닮은 소설가 캐릭터를 키우고, 동시에 소설을 쓰는 장면을 담아 보려 한 것이었다. 찍을 때 아주 쑥스러웠고 촬영된 영상을 다시 보는 것 역시 엄청나게 부끄럽지만, 내가 소설 쓰는 모습이 어딘가에 무척 생생하게 기록되어 있다는 것을 떠올리면 조금 두근거린다.

엄마만큼 좋아해

이 소설을 내게 주문한 사람은 내가 아주 좋아하는 친구다. 책을 만드는 이 친구는 무척 똑똑하고 까다로운 사람인데, 어린이가 주인공이고 따라서 어린이가 읽기에 어렵지 않지만 어른이 읽기에도 재미있는 이야기였으면 한다는 희망을 들려주었다. 주문에 맞는 소설이었는지는 모르겠다. 그래도 나는 이 이야기를 좋아한다. 제목은 고호경의 노래 「처음이었어요」의 가사를 떠올리며 지었다.

내가 네댓 살 먹었을 무렵에 우리 가족은 잠깐 철원을 떠나 살았는데, 그때 우리 부모님이 하던 일이 아파트 지하상가의 채소 가게 운영이었다. 아파트에 있는 비인가 어린이집 역시 그때 잠시 다니던 놀이방에 대한 기억에서 따온 것이다. 갈래머리에 특별한 애착을 지닌 오빠가 진짜 있었다. 지금 생각하면 녀석 장난 아니네, 취향 한번 끝내주네 싶다. 자기가 무엇에 끌리는지를 그렇게 잘 아는 건 정말 대단한 일이라고 생각한다.

2부

보름지구

"잇츠 낫 땡스기빙."

추수 감사절하고는 달라요.

"시밀러, 벗 낫 세임 앳 올. 카인드 오브……, 코리안 하비스트 데이."

비슷한 면도 있지만 똑같지는 않아요. 뭐랄까……, 추수를 기념하는 한국만의 명절이죠.

"잇츠 콜드 추석 오얼 한가위."

'추석'이라고도 하고, '한가위'라고도 해요.

나는 슬라이드를 넘겼다. 긴 화살표 같기도 하고 새 발자국 같기도 한 솔잎이 발표 화면에 무더기로 떠올랐다. 수확기를 맞아 풍족한 계절을 기념하면서 여러 가지 전통 음식을 만들어 먹는데, 그중 대표적인 것은 송편이라는 내용을 담은 부분이었다.

원래는 이 부분을 발표 맨 마지막에 넣고 직접 찐 송편을 아이들에게 한두 알씩이라도 나눠 주려고 했는데, 솔잎을 구하지 못해서 맨입으로 넘어가게 됐다. 여러 겹 쌓이고 뭉쳐 둥지처럼 된 솔잎들 위에 동그란 떡이 나타나자 아이들은 새알이냐며 웃었다.

"잇츠 낫 에그. 잇츠 송편. 잇 민즈 파인 트리 라이스 케이크. 웬 유 트라이 투 메이크 잇, 유 슏 스팀 잇 윗 썸 파인 트리 립스."

알이 아니라 송편이에요. '소나무 떡'이라는 뜻이죠. 이걸 만들려면 솔잎과 함께 쪄야 해요.

화면에 소나무 사진이 나왔다. 아이들 대부분은 그 나무를 알아보았다. 달 이주 프로젝트 원년에 심어 수령이 100살도 넘은 소나무. 그건 주거 지구 바깥에 있는 종자 보관소에 있었다. 평소라면 종자 보관소 견학 신청을 한 후 바닥에 떨어진 솔잎을 긁어 올 수 있었겠지만, 지구에서 온 플루 바이러스가 유행하기 시작해서 출입이 제한된 참이었다. 종자 보관소는 달 위의 어떤 시설보다도 오염에 민감했다.

발표가 아직 끝나지 않았는데 한 아이가 손을 번쩍 들더니 다짜고짜 물었다.

"하우 더즈 잇 테이스트 라이크?"

"리틀 빗 츄이, 벗 낫 소 스티키. 스멜스 라이크 파인 트리 립스. 얼소 스위트 비커즈 잇 이즈 필드 윗 버라이어스 인그리디언츠 라이크 레드 빈, 체스트넛, 오얼 허니 앤 세서미."

안 그래도 맛이 어떠냐는 질문이 나올 것 같아서 준비는 해 둔 참이었다. 떡이어서 쫄깃쫄깃하지만 끈적거리지는 않고, 솔잎 향이 나고, 팥이나 밤이나 꿀과 깨 같은 것이 들어가서 단맛이 나요. 질문한 아이는 알겠다는 듯 만족스러운 표정을 지었지만 정작 답변한 나는 그게 무슨 맛인지 잘 몰랐다. 부모님이 묘사해 준 그대로 말했을 뿐이고, 내가 직접 송편을 먹어 본 건 몹시 오래전이어서 맛이 잘 기억나지 않았다. 지구를 떠나오기 몇 년 전부터 우리 집은 추석을 쇠지 않았으니까. 그러기엔 부모님이 너무 바빴으니까.

다른 아이들도 사정은 마찬가지일 거다. 추수 감사절 칠면조 구이의, 중추절 월병의, 오봉 정진 요리의 맛 같은 걸 또렷이 기억하고 있는 아이는 거의 없을 거다. 대부분 아주 어릴 때 달로 이주해 왔고, 이주 후에 그런 것을 챙겨 먹었을 리는 더욱 만무하니까.

왜냐하면 명절이란 건 사실 무척… 번거로운 거잖아. 그건 뭐랄까. 문화력의 잉여 같은 거다. 또한 문화력이란 뭐냐면 결국…… 사람들 마음의 여유 같은 게 아닐까.

달 주거 지역이 완공된 후 지구에서 이주해 온 사람은 총

720명이다. 20개국에서 4인 가정 세 가구씩을 모집해 이송하는 과정을 3차에 걸쳐 진행했기 때문이다. 달로 이주한 뒤에 아이를 낳아 구성원이 늘어난 가정도 있지만 다시 지구로 떠난 가정도 있는가 하면 간혹 사망자도 있었기 때문에 달 주거 지역 인구는 크게 변하지 않고 유지되었다. 집에 가는 길에 보이는 큼지막한 전광판에 따르면 현재 달 인구는 홀수다.

고도로 훈련된 우주인 한 사람이 아니라 가구 단위로 이주 지원자를 모집한 까닭은 지구의, 지구인다운 문화와 정서를 그대로 가져가자는 의도였지만, 달 사람들에게는 문화를 누릴 여유가 별로 없었다. 오랜 시간 공들여 설비한 주거 지역은 생활에 큰 불편이 없는 환경으로 조성되어 있었고 지구 시간으로 2주에 해당하는, 달의 낮과 밤에 맞추어 오가는 수송선 덕에 물자도 넉넉했지만 '지구인다운' 문화는 좀처럼 꽃피지 않았다. 기본적으로 우리의 부모님들 중 과반은 연구원이었기에 모두 연구와 적응에 바빴다. 달 사람들만의 독특한 문화라면 다양한 국적으로 구성된 연구원들이, 또한 그 자녀인 우리들이 일터와 학교에서 주고받는 브로큰 잉글리시 정도일까. 할 수 있는 말이 제한되어서인지 마음도 어떤 선을 넘지 못하는 듯했다. 늘 모자라는 건 자원이 아니라 마음이었다.

나는 그 이유가 달에서 아무것도 생산하지 않기 때문일 거라고 생각했다. 애초에 추석이나 추수 감사절 같은 명절들은 추수, 그러니까 농사와 깊은 관련이 있는데 우리는 그걸 안 하니까. 작물 연구소, 종자 보관소, 심지어 정신 건강을 돌보기 위해 만든 주말 농장까지 있었지만 어떻게 보아도 귀여운 규모일 뿐, 달 사람들 모두를 먹여 살릴 정도는 되지 못했다. 이론상으로 우리가 사는 주거 지역은 1천 가구 정도까지 수용할 수 있다고 했지만, 농산물 재배를 본격적으로 시도하기에는 땅이 터무니없이 좁았다. 돔으로 덮여 있는 우리의 주거 구역은 모기 물린 자국처럼, 혹은 익지 않은 여드름처럼 달 표면에 살짝 튀어나와 있을 뿐이겠지.

갑자기 학교에서 전통과 문화 교육에 열을 올리기 시작한 건 아마 얼마 전에야 막 완료된 3차 이주 때문일 것이다. 3년 주기로 시행된 이주 작업의 결과, 서로 다른 회차로 달에 온 아이들 사이에 미묘한 간격이 발생하기 시작해서. 예를 들어 1차로 달에 이주할 때 아홉 살이었던 나는 이번 3차로 달에 온 열다섯 살 동갑내기와 서로 말이 잘 통하지 않았다. 걔는 달로 오기 전에 친구들하고 송별회를 하면서 패밀리 레스토랑과 노래방, 야간 개장한 놀이공원에까지 갔다고 했다. 그것도 어른들 없이 자기들끼리만. 걔가 말하는 그런 장소들에 내가 마지막으로 가 본 건 순서대로 6년, 7년, 8년 전 일이었다. 당연히 온 식구가 다 같이, 때로는 부모님 친구네 가족까지 해서 우르르.

하도 오래전 일이고 부모님과 같이 다닌 기억이 그다지 재미

116

있지도 않았기에 나는 그런 것들이 별로 그립지 않았지만, 개처럼 최근에야 달로 이주해 온 아이들은 지구에 두고 온 추억들이 아쉬워 끙끙 앓았다. 지구에서는 달이 떴다가 지는 것처럼 보이지만, 달에서는 같은 자리에 떠 있는 지구가 항상 보인다. 지구에서 보이는 달이 초승달에서 반달로, 반달에서 보름달로 차오르듯 지구도 가느다란 손톱 모양에서 완전히 동그란 모양으로 차고 기운다. 꽉 찬 보름지구가 뜨는 날에 하늘을 하염없이 쳐다보고 있는 건 대부분 지구에서 이주해 온 지 얼마 되지 않은 아이들이었다.

당연히 명절 이야기 발표 따위가 친구들과 놀이공원에서 보낸 짜릿한 시간 같은 것을 대체해 주진 않겠지만, 적어도 여기에 너 혼자 있는 게 아니라는 사실을 알려 줄 계기는 될 수 있었다. 다른 한국인 가족들과 공유할 수 있는 전통과 문화가 있고, 그것을 다른 나라에서 온 친구들에게 내보일 수 있다는 건 꽤 멋진 일이라고 나는 생각했다. 우리가 그걸 실제로 기념하고 있는지, 그럴 수 있는지는 논외로 치더라도.

"추석 해즈 낫 픽스드 데이트. 비커우즈 잇츠 피프틴스 오브 어거스트 온 루나 캘린더. 디스 베리 이어즈 추석 이즈 셉템버 투웬티퍼스트 온 솔라 캘린더."

추석은 날짜가 고정되어 있지 않아요. 왜냐면 음력 8월 15일이기 때문이에요. 올해의 추석은 양력 9월 21일입니다.

이렇게 말하자 어떤 아이가 손을 번쩍 들었다. 나와 같은 1차 이주자인 데다 영어 실력이 거의 비슷해서 친하게 지내던 아이였지만 무시했다. 왜냐하면 다른 한국 아이가 설날에 대해 발표하면서 '음력 새해(Lunar New Year)'라는 표현을 썼을 때 '차이니즈 뉴 이어라고 하는 게 맞다'라며 끼어든 전적이 있기 때문이다.

나는 화면에 보름달 사진을 띄웠다. 우리 모두 언젠가는 본 적 있지만 지금은 사진으로밖에 볼 수 없는 달.

"유 노, 온 루나 캘린더스 피프틴스 데이, 피플 오브 디 어스 캔 시 더 풀 문. 위 코리언 콜 잇 '보름달'. '보름' 민즈 피프틴 데이즈 앤 '달' 민즈 문 인 코리언 랭귀지."

아시다시피, 음력 15일에 지구에서는 둥근달을 관측할 수 있습니다. 우리 한국인들은 그것을 '보름달'이라고 불러요. 한국어에서 15일을 뜻하는 보름이라는 말과 달이라는 말을 합친 것입니다.

"인 코리아, 풀 문 이즈 베리 어스피셔스 띵. 코리언 러브스 문 소 머치, 데어포어 위 해브 투 홀리데이스 투 셀러브레이트 더 풀 문. 추석 이즈 원 오브 뎀. 위 메이크 위시 투 더 풀 문 오브 추석."

한국에서 보름달은 매우 상서로운 의미를 지니고 있어요. 한국인들은 달을 너무 사랑한 나머지 보름달을 기리는 명절을 두 개나 만들었고요. 추석도 그중 하나입니다. 우리는 추석의 보름달을 향해 소원을 빌어요.

슬라이드를 넘기려다 말고 나는 문득 창밖을 바라보았다. 창밖 하늘에는 보름지구가 떠 있었다. 부피가 달의 다섯 배나 되기 때문에 지구에서 보이는 달보다 훨씬 크게 보이는 그 행성이. 달에서 보름지구가 보이는 날에 지구에서는 달이 보이지 않는다. 반대로 지구에서 보름달을 볼 수 있는 날이면, 달에서는 지구가 완전히 사라진 것처럼 보인다.

달에 사는 우리는 그러면 무엇을 보면서 소원을 빌어야 할까?

"아이 띵크······."

보여 줄 슬라이드가 두 개나 남아 있었지만 나는 화면을 넘기지 않았다. 대신에 발표 대본에 없던 이야기를 만들어서 지껄이기 시작했다.

"세버럴 센츄리스 어고 썸 브리티시 피플 웬트 투 어메리카, 앤드 데이 셀러브레이티드 데이 얼라이브. 댓 워즈 더 퍼스트 땡스기빙. 아이 스타티드 디스 프리젠테이션 윗 '추석 이즈 낫 땡스기빙', 하우에버 썸하우 잇 얼소 땡스기빙 투. 아이 민, 피플 캔 인벤트 뉴 홀리데이스 비커우즈 데얼 아 플렌티 오브 뉴 띵스 투 셀러브레이트."

몇 세기 전에 영국인 몇몇이 미국으로 건너갔고, 그들은 그들이 살아남았다는 걸 기념했어요. 그게 추수 감사절의 시작이었죠. 이 발표를 시작할 때 저는 '추석은 추수 감사절과 다르다.'라고 했지만, 어쩌면 추수 감사절과 같은 듯도 해요. 제 말은, 사람들이 기념할 만한 새로운 것들은 얼마든지 있기에 새로운 명절을 만들 수도 있다는 거예요.

나는 코를 쓱 문질렀다. 땀이 맺히려고 해서.

"위 캔 낫 프레이 온 문 비커우즈 위 리브 히어. 위 캔트 씨 디 어스 온 추석 나이더. 소 잇츠 임파서블 투 셀러브레이트 세임 추석 오브 디 어스 온 디스 플레이스. 벗 댓 민스 낫 위 캔트 셀러브레이트 디스 베리 홀리데이. 아이 띵크…… 더 임포턴트 띵 이즈 위 트라이 투 오얼 낫. 잇 캔트 비 세임 벗 위 슈트 트라이."

달에 사는 우리는 달을 향해 소원을 빌 수 없죠. 추석날 하늘에서 지구를 볼 수도 없어요. 그래서 여기서는 지구 사람들이 기념하는 명절과 똑같은 추석을 보내는 게 불가능해요. 그렇지만 그게 우리가 이 명절을 기릴 수 없다는 뜻은 아니에요. 제 생각엔… 중요한 건, 우리가 노력하느냐 그러지 않느냐 같아요. 같을 수는 없지만, 노력은 해야 한다고요.

아이들은 발표가 끝났다는 것을 조금 후에야 알아챘다. 그래서 박수 소리는 별로 크지 않았다. 그래도 나는 기뻤다. 추석에 대해 모르는 아이들에게 그게 무엇인지 이야기해 주는 동안 나도 그동안 그게 뭔지 잘 몰랐다는 걸 알게 되어서. 이제는 추석에 대해 잘 알게 되었다고 할 수는 없지만, 아직은 말로 잘 표현할 수 없는 어떤 깨달음이 내 안에 있었다. 송편도 없고 달도 보이지 않지만, 그래도 추석을 추석으로 만들 수 있는 것. 아마도 오로지 마음에 달려 있는 것.

"땡큐."

수줍게 덧붙이며 바라본 창밖에는 어김없이 보름지구가 떠 있었다.

(2021)

고-백-루-프

D-DAY

가능성은 반반. 진짜 고백을 하려는 거, 아니면 그냥 엿 먹이는 거.

"나 노래하는 거 꼭 보러 와."

우지현은 그렇게 말했다. 불편하게끔 내 손목을 감싸 쥔 채로.

"큐시트상 6시 반쯤일 것 같은데 어떻게 될지 모르니까 6시 20분까지, 꼭."

내가? 왜?라고 묻고 싶었지만 우지현은 자기 할 말만 하고 가버렸다. 고작 그런 이유로 축제 전야제에 가야 할까. 전야제 참석은 의무가 아니었다. 가서 뭐 해, 시끄럽기만 하겠지. 고등학교 가요제 같은 거.

물론 전교생이 거의 다 참석하긴 할 것이다. 우리 학교 축제
는 꽤 유명하고, 그중에서도 전야제가 제일 재밌다고들 하니까.
남고 댄스 동아리와 밴드부 특별 무대도 있고, 전통과 인기를
자랑하는 우리 학교 밴드부도 공연을 한다. 우지현이 그 무대
에 설 것이다. 1학년 보컬로. 즉 원래도 인기가 많았던 우지현
은 오늘로 더 유명해질 전망. 내가 왜 그걸 보러 가야 하는지 모
르겠네. 처음 생각한 대로 나한테 고백이라도 하려는 게 아니면
망신을 주려는 게 틀림없었다. 망신을 준다면 어떻게 줄 것인지
잘 상상이 가지 않기는 했지만, 아무튼 가능성은 딱 반반인 것
같았다.

그렇지만 가능성이고 나발이고 다 의미가 없기도 했다. 어차
피 나는 거기에 있지 않을 거니까. 사람 많고 시끄러운 건 딱 질
색이다. 애초에 뭐 때문에 그렇게 다들 축제에 열광하는지 이해
할 수가 없었다. 어차피 유행가 부르잖아? 그런 거 뭐, 말할 것
도 없이 원곡 가수가 더 잘 부르잖아. 춤도 뭐 어차피 아이돌 그
룹이 추는 춤 똑같이 출 거고. 집에서 유튜브로 보면 되지, 뭐 하
러. 친한 애가 하나라도 가요제에 나갔다면 응원차 구경을 갈
수도 있겠지만, 내겐 친구도 별로 없고, 몇 안 되는 친구들 중 가
요제에 나갈 만한 애도 없다. 그러니 가요제에서 누가 우승하든
내 알 바가 아니었다.

그런 내가 전야제에 와 주길 바란다는 건 우지현이 뭔가 크게 잘못 생각하고 있다는 의미였다. 사람 잘못 봤다고. 나는 그런 거 보러 다니는 사람 아니야.

7교시가 끝나고 종례까지 마쳤는데 아이들은 집에 돌아가지 않았다. 종례 내용도 알아서 저녁 먹고 축제 참관할 사람들은 다시 학교로 오라는 것이었다. 다음 날 축제 부스를 준비해야 하는 동아리 아이들은 먼저 부실로 떠났지만 나머지 애들은 저녁을 어떻게 해결하고 5시 반까지 강당으로 갈 것인지 떠드느라 머리를 모았다. 나까지도 괜히 집에 가면 안 될 것 같아 일단 자리에 앉아 있었다. 학교 앞 편의점 컵라면과 삼각 김밥이 싹 털렸다는 소문, 2학년 어떤 반에서 짜장면을 시켰다는 소문이 돌았다. 편의점 얘기는 몰라도 짜장면 얘기는 사실이었다. 다들 창문에 달라붙어서 교문 앞에서 배달차와 학생부장 선생님이 실랑이 벌이는 걸 구경했다. 결국 짜장면을 시킨 반은 다 같이 운동장 스탠드에 앉아서 저녁을 먹었다.

망설이다가 하교하기로 했다. 빈 짜장면 그릇이 쌓여 있는 걸 보면서 교문을 통과했다. 아무도 나를 잡지 않았다. 잡아 주길 바라지도 않았다.

하필 학원도 쉬는 날이었다. 축제 때문에 대부분 빠질 게 뻔하니까 아예 오늘 수업을 없애고 주말 보강 시간을 잡는다고 했다. 나처럼 축제에 관심 없는 사람까지 축제 때문에 피해를 봐

야 한다는 게 짜증이 났다. 우지현한테 미안한 마음은 들지 않
았다.

잠들 때까지 우지현 생각은 아예 하지도 않았다.

D-52

이게 다 방울토마토 때문이다.

2학기 기술가정 수행 평가 주제는 작물 키우기였다. 급식소
앞에 1학년 전용 화단이 생겼다. 한 그루에 두 명씩 158그루의
방울토마토 화분이 놓였다.

방울토마토 관찰 일지라니 초중딩 때도 안 하던 걸. 마음에
들지 않았다. 더 큰 문제는 내 파트너가 21번 우지현이라는 점
이었다. 걔는 모든 면에서 완벽했다. 키 크지, 날씬하지, 얼굴도
봐 줄 만하다. 봐 줄 만하다는 건 너무 야박한 평가고, 솔직히 우
리 반에서 제일 눈에 띄는 애가 걔다. 굳이 따지자면 예쁘다기
보다 잘생긴 느낌? 1학기 초에는 2, 3학년 언니들까지 우지현
얼굴 보려고 쉬는 시간마다 찾아오고 그랬다. 밴드부에 들어간
것도 자기가 어떻게 생겼는지 잘 알아서 그런 거겠지. 입부 경
쟁률이 치열하기로 소문난 밴드부에 보란 듯이 들어간 것마저
재수 없었다. 아, 그래서 음악적 재능까지 있으시겠다?

그렇게 생겼으면 공부나 예체능을 좀 못해도 될 것 같은데 개는 다 잘했다. 체육 시간에 개가 공을 던지면 반 애들이 앓는 소리를 냈다. 그런 애가 성격까지 좋은 건, 뭐랄까…… 그냥 덤 같은 거다. 살면서 다른 사람한테 열등감 느낄 일이 전혀 없었을 테니 성격이 꼬일 이유가 없잖아. 예를 들면 나처럼.

겨우 수행 평가인 데다가 주요 과목도 아니면서 난수 추첨 어플까지 동원할 건 뭐람. 앞뒤 번호끼리나 붙일 것이지. 우지현하고 이런 거 하면 선생님들도 다 우지현만 칭찬하고 애들도 나랑 우지현이 얼마나 안 맞는 조합인지 평가하기 바쁠 텐데. 하긴 운이 제일 나쁜 사람이 나라고 할 수는 없었다. 짝이 맞지 않아서 다른 반 애랑 수행 평가를 같이 해야 하는 아이도 있었으니까. 우리 반 애들이 전부 날 부러워한다는 점에서는 오히려 운이 좋은 거라고 봐야 맞겠지만, 내 느낌은 그렇지 않았다.

학기 첫 기술가정 수업이 끝난 후 쉬는 시간에 우지현이 내 자리로 왔다.

"안녕, 우리 같은 반인데 얘기 거의 처음 해 보는 것 같다. 나는 우지현이라고 해."

"알아."

그걸 어떻게 모를까? 당연히 알 거라고 생각하면서도 알려 준 거 맞지? 재수 없어. 나는 그렇게 생각하며 심드렁하게 대꾸했다.

"난 현지. 김현지."

"혹시 어질 현(賢), 알 지(知)?"

우지현은 수업 시간에 받은 관찰 기록지에 자기 한자 이름을 써서 보여 주었다. 아, 어쩌라고. 유딩 때부터 현지나 지현이라는 이름 가진 애 한 다스는 봤거든. 와 우리 이름 똑같애, 하면서 하이 파이브라도 하고 싶은 거면 네 바로 뒷번호 윤지현한테나 가 보든가.

"어질 현은 맞는데 지는 지혜 지(智)."

"지혜 지랑 알 지랑 똑같은 한자 아냐?"

"달라."

나는 우지현이 쓴 한자 밑에 가로 왈(曰) 자를 추가했다. 내가 알기로 알 지와 지혜 지의 차이는 그거 하나였다. 애초에 지혜 지가 알 지에서 나온 한자니까.

"너 똑똑하다."

똑똑하다는 말을 불쑥 들으니까 좀 민망했다. 우지현은 1학기 시험 두 번 모두 나보다 2등 앞서 있었다.

"이름에는 알 지보다 지혜 지 더 많이 쓰는데 네 이름 좀 특이하다."

"그런가?"

내 말에 우지현은 배시시 웃었다.

우리는 각자 뭉쳐 다니는 친구들하고 점심을 먹고 화단 앞에서 따로 만났다. 다른 애들도 원래 무리 지어 다니던 그룹하고 떨어져서 관찰 일지 파트너하고 자기 화분 앞에서 이야기를 나누고 있었다.

"이거 재미있을 것 같아."

우지현은 화분 앞에 쪼그리고 앉아서 기대에 찬 목소리로 말했다.

"너랑 파트너 되어서 더 좋고. 접점 별로 없었는데 드디어 얘기 나눠 볼 수 있게 됐잖아."

나한테 뭘 바라고 그런 말을 하는 건지 모르겠네. 2교시 쉬는 시간에 기가 쌤한테 허락받았다며 파트너 바꿔 줄 수 없겠냐고 물어본 애가 둘이나 있었다는 얘기를 해 줄까 말까.

우리는 일지에 관찰 일지를 쓰기 시작했다고 썼다. 파트너 추첨 때와 마찬가지로 난수 추첨으로 부여받은 우리의 모종은 다른 애들 것보다 푸릇푸릇하고 튼튼해 보였다. 당연하지, 이건 우지현 거니까. 우지현한테는 뭐든 좋은 것만 주어진다. 우지현에게 안된 일은 하필 개를 별로 안 좋아하는 나랑 짝이 된 거, 그거밖에 없는 것 같았다.

두 번째 D-DAY

아침에 늦잠을 잤다. 이틀 연속이네. 자랑은 아니지만, 늦잠은 나에게는 드문 일이었다. 엄마가 출근 전에 만들어 둔 아침을 허겁지겁 흡입하고 집을 나섰다. 어제랑 똑같은 프렌치토스트였다. 으, 식빵 테두리 좀 잘라 주지. 어제저녁에 내가 말했는데 또.

1교시가 시작될 때까지 이상한 점을 눈치채지 못했다. 나는 목요일 1교시 교과서를 꺼내 둔 채였는데, 종 치고 들어온 사람은 기술가정 선생님이었다. 뭐야? 턱을 괴고 있다가 화들짝 놀라 자세를 고치고 주변을 둘러보았다. 다들 아무렇지 않게 기가 교과서를 꺼내 놓고 있었다.

"오늘 급식엔 우리가 키운 방울토마토가 나온다."

인사를 받고 나서 선생님이 처음 꺼낸 말도 어제랑 같았다. 나는 조심히 핸드폰 화면을 체크해 보았다. 날짜가 어제랑 같았다.

또 어제라고?

이후로도 어제와 똑같은 일들이 연달아 일어났다. 주변 애들이 쉬는 시간에 떠는 수다의 내용도 같았고, 2교시 끝나고 배가 고파진 것도 정확히 어제와 동일한 조건이었다. 그렇지만 한편으론 사람의 일은 그럴 수도 있다는 생각도 들었다. 애들은 원래 맨날 똑같은 얘기를 한다. 어떤 선생님이 존나 짜증 난다든지 학원에서 어떤 애랑 썸이 시작된 것 같다든지. 아침으로 엄마가 구워 놓은 프렌치토스트 세 쪽 중에서 하나밖에 못 먹었으니 배가 고픈 건 당연한 거고. 그렇게 생각하니 나만 빼고 단체로 만우절 이벤트라도 하고 있는 것처럼 느껴졌다. 그렇지만 나 하나를 속이자고 그런 일을, 그것도 선생님들까지 합심해서 벌인다는 건 아무래도 상상하기 어렵기도 했다. 내가 뭐라고.

정확히 어제랑 똑같은 하루라는 것을 인정할 수밖에 없게 된 것은 점심때부터였다. 기술가정 선생님 말씀대로 방울토마토가 급식에 나왔다.

1학년 전원이 키운 방울토마토는 딱 전교생이 한 끼 먹을 수 있을 만큼 열매를 맺었다. 전날 급식에는 셀프 주먹밥과 두부 어묵탕과 브로콜리 소시지 볶음이 나왔고, 후식으로는 시럽을 입힌 방울토마토 탕후루가 전교생 모두에게 똑같이 세 알씩 돌아왔다. 어제 받은 것과 정확히 같은 메뉴였다. 방울토마토 탕후루. 그게 바로 어제와 오늘이 똑같은 하루라는 뒤집을 수 없는 증거였다.

어지럽고 심란해서 탕후루를 아작아작 깨물어 먹었다. 그렇다면, 오늘이 어제와 완전히 똑같은 날이라면, 나는 앞으로 일어날 일을 예상할 수 있다. 퇴식구에 식판을 넣고 탕후루 꼬치를 휴지통에 버리며 나올 때 우지현이 내 손목을 붙든다. 뭐냐고 묻는 나를 운동장 수돗가 앞까지 데려가서 손목을 놓지 않은 채로 이렇게 말한다. 나 노래하는 거 꼭 보러 와. 그 일은 어김없이 일어났다. 사실 예상할 수 있었기 때문에 피할 수도 있었던 사태지만 정말 전날하고 똑같이 진행되는지 확인하고 싶어서 그냥 그대로 있어 보았다.

"6시 20분?"

내 말에 우지현은 깜짝 놀란 것 같더니 곧 감동한 표정을 지었다.

"응, 큐시트상으로는 30분인데 혹시 모르니까 그보다 일찍 와주면 좋겠어. 꼭."

생각을 해 보자. 나는 만화나 소설에 이런 상황이 나오는 걸 꽤 많이 봤다. 소위 '루프'라고 하는, 특정한 하루가 구간 반복되는 상황. 이럴 때는 어떤 조건이 충족되어야 루프를 빠져나가 원래의 시간으로 돌아갈 수 있다. 무인도에 갇혔을 때 무수히 같은 하루가 반복되다가 딱 하루, 구조선이 지나간다는 조건이 충족되어야 탈출할 수 있는 것처럼.

어쩌면 꿈일지도 모르고 아직 한 번밖에 반복되지 않은 상황이니 속단은 금물이겠지만, 만약 이게 루프에 갇힌 상황이 맞다면, 어떤 조건에 변화를 줘야 하는지를 최대한 빠르게 파악하는 게 중요했다. 어렴풋하지만 그게 뭔지 알 것 같은 느낌이 들기도 했다.

수업이 끝나고 종례 시간까지 쭉 기시감이 드는 사건들이 반복되었다. 종례가 끝나고 전시 및 판매 부스를 준비하는 애들이 교실을 떠났다. 전야제 무대에 오르는 우지현과 댄스부 애들은 7교시가 끝나자마자 자취를 감춘 채였다. 2학년에서 짜장면 시켰대! 어떤 애가 교실로 들어와 소리쳤고 과연 한 20~30분쯤 지나 중국집 배달차가 운동장에 들어오려다 학생부장한테 제지당했다. 운동장 스탠드에 2학년들이 앉아 짜장면 먹는 광경을 전교생이 창문에 매달려 구경했다.

전야제는 6시에 시작될 예정이었는데, 5시 반쯤 되자 아이들이 하나둘 강당으로 향했다. 어차피 1학년 자리는 정해져 있지만 그나마 괜찮은 좌석을 차지하려면 일찍 가야 한다는 거였다. 반 아이들이 모두 자리를 뜰 때까지 나는 그대로 교실에 앉아 있었다. 어두워질 무렵 누가 뒷문을 드르륵 열고 문틀을 탕탕 쳤다. 교문에서 중국집 배달차하고 씨름을 벌이던 학생부장 선생님이었다. 너 거기서 뭐 하냐? 축제 볼 거면 보고 집에 갈 거면 가라.

내가 강당에 도착한 시간은 6시 21분이었다. 대충 보니 우리 학교 학생만큼 타교생도 많아 보였다. 무대 위에서는 오며 가며 얼굴을 익혀 같은 학년인 것만 아는 어떤 애가 청승맞은 발라드 곡을 구성지게 부르고 있었다. 제법 인기가 있는 애인지, 노래를 꽤 잘 불러서인지 무대가 끝나고 우렁찬 환호성이 터져 나왔다. 개 순서가 끝나자 사회를 맡은 학생회장이 우리 학교의 자랑인 밴드부 순서라고 안내했다. 올해 1학년 보컬은 자기도 팬이라는 멘트를 쳤다. 학생회 스태프들이 악기를 옮겼고 기타를 멘 우지현이 무대에 올라왔다. 아까 무대보다 더 큰 환호가 이어졌다.

우지현이 무대에 나타난 순간부터 무대에 서 있는 게 걔가 아니고 나인 것처럼 심장이 뛰었다. 약간 토할 것 같은 기분마저 들었다. 우지현은 픽 든 손을 살짝 들어 관객에게 인사했다. 모두 미친 듯이 악을 썼다.

첫 번째 곡이 시작되기도 전에 강당을 나왔다. 그대로 뒤도 돌아보지 않고 집에 갔다. 엄마한테 토스트 테두리 좀 잘라 달라고 부탁했다.

D-41

열흘쯤 지나자 거의 모든 모종에서 꽃이 피었다. 빠른 애들은 모종을 심은 지 겨우 사흘 만에 꽃이 달렸다고 했다. 하긴 싹부터 틔워서 시작하는 게 아니니까 대충 중간고사 전에는 일지를 마무리할 수 있겠네.

방울토마토 문제만큼은 내가 우지현보다 좀 더 낙관적인 편인 것 같았다. 우지현은 화분 앞에 쪼그려 앉아 풀 죽은 목소리로 말했다.

"우리 애는 왜 꽃이 안 피지?"

"꽃대 올라왔으니까 곧 필 거야. 그리고 우리 애라니 징그러워."

기다리기만 하면 필 꽃을 왜 안달 낸담. 나는 무릎을 짚은 채로 모종을 굽어보며 말했다. 우지현은 나를 쳐다보며 씩 웃었다.

"왜, 우리가 엄마인 것 같지 않아?"

"동물이 어떻게 식물 엄마가 돼?"

수행 평가 때문에 우지현과 화분 앞에서 이런 만담 같은 대화를 매일매일 나눠야 하는 게 좀 짜증 났다. 우지현은 보기보다 허당이었고 성격은 내가 짐작한 것보다 훨씬 좋았다. 사실 대화를 나눠 보기 전까지는 뭔가 착한 척하는 것 같아서 별로였는데, 알고 보니 착한 척이 아니고 진짜 착한 거였다. 솔직히 말하면 그래서 더 짜증이 났다. 안 그래도 모든 면에서 비교가 되는데 성격까지 얘가 나보다 좋아 버리면 다들 뭐라고 생각하겠냐고.

"그리고 이거 열매 다 맺히면 급식소로 직행일 텐데 너무 정 주지 마."

"헐."

일부러 조금 독하게 말했더니 우지현은 우리 화분을 양팔로 감싸안았다.

"자기 너무해. 애 듣는 데서 못 하는 말이 없네."

"애라고 부르지 말래도."

그러니까 지금, 나랑 자기를 부부에 비유하고 있는 거야? 한 발 늦게 그걸 알아차려 얼굴이 확 달아올랐다.

"너 열 있어? 왜 얼굴이 빨갛지?"

우지현은 그렇게 오래 쪼그려 앉아 있었으면서 다리가 저리지도 않은지 시원하게 일어나서 내 이마를 짚었다. 나는 살짝 그 손을 걷어 냈다. 이러지 좀 마. 이 정도 스킨십쯤은 아무렇지도 않게 할 수 있는 사람인 거 알겠으니까, 나한테는 그러지 마.

"화났어?"

나보다 키도 훨씬 크면서 일부러 종종대며 따라오는 우지현이 너무 짜증 나서 밤에 잠도 안 왔다. 늦게까지 방울토마토 모종, 방울토마토 꽃 안 피는 이유, 방울토마토 성장 속도, 이런 것들을 검색하다가 잤다. 비료를 줘야 하려나. 꿈에서 토마토가 비눗방울처럼 피어올라 하늘을 둥둥 떠다니다가 우지현의 입술에 앉았다. 우지현의 입술은 방울토마토처럼 빨갰다.

세 번째 D-DAY

일어나자마자 핸드폰부터 봤다. 날짜는 그대로였다. 늦잠. 프렌치토스트. 1교시 기술가정. 방울토마토 탕후루. 느닷없는 우지현. 내가 알던 하루가 반복되었다. 또 오늘이라니.

처음엔 당연히 가능성은 반반이라고 생각했는데, 좀 더 생각해 보면 우지현이 날 엿 먹일 이유는 없었다. 축제 전주, 그러니까 지난주에 치른 2학기 중간고사에서도 우지현은 나보다 평균 점수가 2점 정도 높았다. 반 등수로는 여전히 2등 차이가 났는데 전교 등수는 지난 학기 기말고사보다 다섯 계단 차로 더 벌어졌다. 그나마 만만하게 비벼 볼 만한 부분은 성적밖에 없는데 그것마저도 상대가 안 되는 나를 견제할 이유가 없잖아.

그렇지만 우지현이 나한테 고백 같은 걸 하고 싶을 만한 이유도 전혀 짐작되지 않았다. 어쩌다 실습 파트너가 됐을 뿐이고 그 전엔 딱히 교류도 없었다고. 걔는 원래 모두에게 친절하다. 물론 나에게처럼 다른 애한테 여보 자기 하는 건 본 적 없지만, 2학년 선배 중에 걔한테 고백한 사람도 있다고 들었다. 이디까지나 소문으로 들은 거여서 누군지는, 그리고 우지현이 그 선배의 고백을 받아 줬는지는 모르지만.

하다못해 내가 예쁘기라도 하면, 뭔가 뾰족이 잘난 구석이라도 있으면 납득을 하겠어. 아니 우지현이 지금의 우지현보다 조금이라도 못난 애였으면 차라리 더 이해가 잘 갔겠다. 걔는 초딩 때부터 별명이 김돼지인 기분 같은 거 모르겠지. 새 학기 돌아오면 제발 한 명만, 반에서 딱 한 명만 나보다 조금만 더 뚱뚱해라, 그렇게 비는 마음 모를 거잖아. 내가 속으로 이런 소원을 비는 꼬인 마음씨의 소유자라는 것도 당연히 모르겠지.

그럼에도 나는 다시 강당에 갔다. 붐비고 시끄러운 분위기, 내가 딱 싫어하는 그 분위기를 참아 가며 우지현이 부르는 노래를 들었다. 첫 곡은 내가 아는 노래였다. 우지현은 축제 때 부를 노래에 대해서는 말한 적 없었지만, 언젠가 이 노래를 부르고 싶다고 지나가듯 말한 적 있었다. 전주를 들을 때부터 감이 왔다. 아, 이거 아는 노래다. 아마 이 노래를 듣는 게 루프의 탈출 조건인가 봐.

밴드부 1학년 순서 두 곡이 끝나고 2학년이 무대에 오르는 걸 보고 강당을 나왔다. 곧장 집에 와서 씻고 침대에 누웠다. 전날과 똑같이 늦잠을 자지 않으려는 노력의 일환이었다.

자고 일어나니 8시였다. 또 똑같은 하루가 시작되었다. 아 제발, 제발!

D-20

토요일 학교 앞에서 우지현과 만났다. 우리 화분에 비료를 주기 위해서였다. 나는 관찰 일지를 성실하게 잘 쓰는 게 중요하지, 방울토마토 알이 얼마나 굵고 실한지 같은 것은 평가 대상이 아닐 거라고 주장했지만 우지현은 막무가내였다. 아무렴 네가 나보다 성적도 좋고 선생님들도 나보다는 널 예뻐하니까 네 말이 맞겠지. 암요 네네, 그렇고 말고요. 그런 심정으로 우지현을 따라나섰다.

모종 화분 하나에 비료를 주는 건 아주 간단한 일이었다. 두 사람이나 나설 필요가 없음은 물론, 혼자서 해도 순식간에 끝났을 일. 나는 우지현이 챙겨 온 비료를 화분에 주고 손 씻는 것까지 옆에서 지켜본 다음 집에 가려고 했는데, 우지현이 붙잡았다.

"어디 갈 데 있어?"

"집."

"약속 없으면 나랑 밥 먹을래?"

집에 간다고 하지 말걸. 딱히 댈 핑계가 없어서 종일 우지현한테 끌려다녔다. 햄버거를 사 먹고 도서관에서 영화를 봤다. 여자 대학생들로만 구성된 아카펠라 팀 이야기였는데, 우지현이 좋아하는 영화라고 했다. 좋아하는 영화라면 이미 봤다는 의미일 텐데 그걸 왜 또? 그것도 왜 굳이 나랑?

"주인공이 왜 맨날 자기 편들어 주던 언니랑 안 사귀고 남자랑 이어졌는지 이해를 못 하겠어."

"영화에서 뿌린 떡밥은 그 동갑내기 남자 쪽이 더 많았잖아."

나는 우지현이 그 영화를 좋아한다고 하면서 왜 성을 내는지가 더 이해가 안 됐다. 우지현은 언제 그랬냐는 듯 웃으면서 말했다.

"그래도 노래는 좋아. 애즈 유 워크 온 바이, 윌 유 콜 마이 네임. 그 노래."

"나도 노래는 좋았어."

"나도 고백할 때 그 노래 써먹을 거야."

우지현은 갑자기 멈춰 섰다. 나는 영문도 모르고 그 옆에 같이 섰다.

"좋아하는 사람한테?"

"응, 내가 그 노래를 부르면 주먹 쥐고 손을 높이 들어 줬으면 좋겠어."

"영화에서처럼?"

"응."

우지현은 내 눈을 똑바로 보며 고개를 크게 끄덕였다. 마치 내가 그렇게 해 줬으면 좋겠다는 말처럼 들려서 기분이 묘했다.

몇 번째였지? 아무튼 D-DAY

이번에는 될 수 있는 만큼 우지현을 피해 보자. 가능한 다른 하루를 보내 보자. 똑같이 늦잠을 자고 일어나 핸드폰을 보면서 나는 생각했다. 아침을, 그러니까 테두리가 버젓이 붙어 있는 프렌치토스트를 건너뛰고 학교에 갔다. 1교시 시작부터 뱃고동이 울려 댔지만 매점에도 가지 않았다. 배가 계속 고프게 두면 실감 나게 아픈 척을 해서 양호실에 드러누울 수 있겠지. 그럼 점심도 걸러야겠지만. 루프의 유일하게 좋은 점은 방울토마토 탕후루를 여러 번 먹을 수 있는 것이었는데 포기하자니 속이 쓰렸다. 아예 조퇴를 할까? 수업도 몇 번씩 들어서 아쉬울 게 하나도 없는데.

계획대로 3교시부터 보건실에 누워 있었다. 배가 고파서 누워 있어도 잠이 안 왔다. 점심시간이 되자 애들이 우르르 달려가는 소리가 나면서 복도가 울렸다. 다들 신났겠지, 오늘 급식 맛있는 거 나오니까. 옆으로 누워서 핸드폰을 보고 있는데 문 열리는 소리가 났다. 잘못한 것도 없으면서 후다닥 핸드폰을 담요 속으로 숨기고 눈을 감았다.

"김현지. 많이 아파?"

우지현이었다. 눈치가 없나 봐, 내가 자기를 피해서 누워 있는 줄도 모르고. 하긴 이 루프에 갇힌 걸 아는 사람은 나밖에 없을 테니 우지현이 변화를 감지했을 리는 없겠다. 그걸 알지만 그래도 짜증이 났다.

"자는구나."

우지현은 잠깐 머뭇거리다가 자리를 떴다. 문 여닫는 소리가 나지 않는 걸 보아 나간 것 같지는 않아서 계속 자는 척을 했다. 사각거리는 소리가 희미하게 들렸다. 보건 선생님 자리에서 메모를 쓰고 있는 듯했다.

우지현은 내 머리를 한 번 손바닥으로 쓰다듬고 나갔다. 눈을 떠 보니 옆 침대에 포스트잇이 붙은 지퍼 백이 놓여 있었다. 손을 뻗어 메모를 확인했다.

현지야. 나 오늘 공연해. 6시 반에 강당으로 와 줬으면 좋겠어. 많이 아프면 오지 않아도 돼. ─지현─

지퍼 백에는 급식으로 나온 방울토마토 탕후루가 들어 있었다.

D-8

"우리 토마토 모레 수확한대."

143

아침에 우지현이 내 자리로 와서 해 준 이야기였다. 시험 기간이라 다들 조용한데 갑자기 왜 내 자리로 오는가 했더니 꽤 중요한 소식을 전하려던 거였다.

"이렇게 빨리? 우리 거 아직 파랗잖아?"

"완전 다 익은 애들도 꽤 있어서 미루면 안 된다나 봐. 대부분 살짝 파랄 때 따 놓고 일주일 정도 후숙한대."

내 말에 우지현이 약간 침울한 투로 대꾸했다. 우지현의 말투 때문은 아닌데, 나도 조금 슬퍼졌다. 방울토마토 모종 따위에 정을 주지 말자고 한 건 나였지만 어느새인가 알게 모르게 마음을 쏟고 있었다.

점심시간에 우지현하고 같이 방울토마토 화분 앞에서 기념 촬영을 했다. 관찰 일지에 인쇄해서 붙이려고 화분 사진만 따로 찍은 적은 많았지만 토마토랑 같이 사진을 찍은 건 처음이었다. 우지현이 먼저 방울토마토 옆에 서 있는 나를 찍어 주었고, 방울토마토 나무랑 나랑 키가 비슷하다고 놀렸다. 나는 언제나처럼 화분 옆에 쪼그리고 앉아 있는 우지현을 찍어 주었다. 우리 말고도 많은 아이들이 사진을 찍고 있었다. 우지현은 잠깐 망설이다가 말했다.

"우리 같이 하나 더 찍자."

"왜?"

"그냥, 우리 둘이 같이 키웠잖아."

144

우리가 같이 키웠다고 하기엔 글쎄, 우리는 방울토마토의 성장에 공동으로 기여한 게 별로 없는 것 같은데. 속으로 나는 그런 생각을 하고 있었지만 우지현은 지나가던 우리 반 애를 잡아와서 핸드폰을 맡기고 내 옆에 섰다. 하나아 두울 세엣, 하는 사이에 우지현은 나를 끌어당겨 어깨를 감싸안았다.

"귀엽게 잘 나왔어."

우지현은 흡족해하면서 내게도 그 사진을 보내 주었다. 놀란 나를 우지현이 활짝 웃으며 감싸안고 있었고, 정작 방울토마토 화분은 우리 둘에 가려 잘 보이지도 않았다. 사진을 보면서 '얘 혹시 나 좋아하나?'라는 생각을 처음으로 했다. 그렇지만 혹시 이게 착각이면 보통 쪽팔릴 일이 아니라서, 그냥 속으로만 생각하고 잊어버리기로 했다.

D-DAY ∞

나만 빼고 모두가 한 치의 오차도 없이 똑같은 하루를 반복했다. 보건실에 갔던 날처럼 내 동선을 크게 바꿔 봐도 별다를 것 없이 하루가 지나갔고, 그러고 나면 똑같이 늦잠으로 시작되는 바로 그날이었다. 늦잠 조건부터 바꿔 보려고 밤을 새워 보기도 했다. 그랬더니 믿을 수 없게도, 새벽 6시쯤 잠깐 눈을 감았다

뜬 사이 프렌치토스트만 남겨 두고 엄마가 사라졌다. 물론 토스트 테두리도 그대로였다. 어이가 없어서 그날은 그냥 학교에도 가지 않았다. 마침 결석했는데 루프가 풀리면 어떡하지, 잠들기 전 잠깐 걱정했지만 눈을 뜨고 보니 역시 8시였다. 이러다 늦잠이 습관 되겠네. 몇 번이나 전야제의 날이 반복되는지를 세는 것도 지칠 노릇이었다.

어차피 계속 오늘이 반복되는 거라면 고백을 받아 주면 어떨까? 아니, 우지현이 정말 나에게 고백을 하려는 거였는지 확인이라도 해 보는 게 어떨까?

반복되는 하루하루 안에서 점점 더 선명해지는 단 하나의 생각은 바로 그거였다. 매일매일 탕후루를 깨물고 매일매일 우지현의 노래를 들었지만 무대에서 내려온 우지현을 만나러 간 적은 단 한 번도 없었다. 그럴 용기가 잘 나지 않았다. 그렇지만 어차피 무한히 덮어쓸 수 있는 하루라면 시도는 해 보는 게 좋겠지. 어떤 나쁜 일이 일어나도 루프에 그대로 갇혀 있는 것보다는 낫다.

"나 노래하는 거 꼭 보러 와."

"그래."

우지현의 초대에 내가 이렇게 대답한 건 이번이 처음이었다. 우지현은 심하게 기뻐했다.

"정말? 정말 올 거지? 약속한 거야. 6시 반인데, 꼭 6시 20분까지 와."

내가 뭐라고 대답하든 우지현의 말에는 '꼭'이라는 말이 꼭 들어갔다.

"무슨 노래 부를 건데?"

나는 답을 알면서도 물어봤다. 에라 될 대로 되라지, 그런 심정이었다. 우지현은 뜻밖에도, 아마 내가 답을 모른다고 생각해서 그런 거겠지만, 약간 부끄러워했다.

"그건 비밀이야."

비밀은 뭐가 비밀이야. 나 네가 무슨 노래 부를지 알아. 그리고 왜 나를 일부러 불러서 무대에 선 순간 그 노래를 듣게 하려는 건지도 알아. 네가 나를 좋아하는 걸 알아.

그렇지만 내가 절대로 알 수 없는 것도 있었다. 왜 우지현이 나를 좋아하게 된 걸까. 왜 우지현이, 하필이면 나를. 이것만큼은 나로서는, 나 혼자서는, 절대로 알 수 없는 것이다.

그건 그렇고 우지현은 노래를 정말 잘했다. 지금까지 반복된 모든 루프에서 가장 일관적으로 느껴 온 감정이 그것이었다. 와, 쟤 노래 진짜 잘하네. 멋있다. 아, 아니다. 방울토마토 탕후루를 깨물면서 와 진짜 맛있다, 라고 생각한 적이 좀 더 많았다. 어떤 루프에서는 우지현의 무대를 군이 보지 않기도 했지만, 방울토마토 탕후루만큼은 거의 모든 루프에서 착실하게 챙겨 먹었으니까.

147

종례가 끝나자마자 강당으로 이동했다. 1학년 지정 구역 맨 앞자리에 앉았다. 여기라면 무대에서 보일 수도 있겠지. 나는 참을성 있게 우지현의 무대를 기다렸다. 밴드부 공연이 시작될 때까지 모든 무대를 빠짐없이 다 감상했다.

그리고 우지현이 노래할 때, 후렴이 흘러나올 때, 우지현이 바랐던 대로, 우리가 본 영화에서 나왔던 것처럼, 주먹 쥔 손을 높이 들었다. 키가 작은 내 손이 다른 사람들 머리에 가려 잘 보이지 않으면 어쩌나 걱정하면서 가능한 높이 손을 들었다. 우지현의 목소리가 약간 갈라지는 것 같았다. 지금까지 겪은 모든 루프를 통틀어 처음 있는 현상이었다. 내가 손을 든 게 처음 있는 일이었던 것처럼.

노래가 끝나자 박수갈채가 이어졌다. 우지현은 어쿠스틱 기타를 들었다. 첫 곡보다 조금 잔잔한 곡을 연주한다는 의미였다. 전주 도중 우지현은 마이크를 잡았다. 어떤 루프에서도 보인 적 없는 행동이었다.

"네가 좋아."

관객들은 소리를 질렀다. 다들 좀 닥쳐 봐, 쟤가 뭐라는지 안 들리잖아. 나는 그렇게 생각하면서 우지현의 말에 귀를 기울였다. 우지현은 객석의 소란과 상관없이 그냥 자기 할 말을 쭉 했다.

"이유는 나도 모르겠어. 그냥 다 좋아. 나한테 틱틱거리는 것도 좋고, 가끔 농담 던지면 그게 집에 가서도 생각나. 농담할 때 어조. 네 웃음소리. 살짝 째려보는 듯한 눈. 작고 하얀 손. 손잡고 싶다. 머리카락 만지고 싶다. 안고 싶다. 엄청 세게 안고 싶다. 그런 생각이 자꾸 들어. 가끔 나쁜 생각도 해. 나 말고는 아무하고도 얘기 안 하면 좋겠다. 나 말고 다른 사람 안 쳐다보면 좋겠다. 웃어 주지 말았으면 좋겠다. 하루 종일 나하고 같이 있어 줬으면 좋겠다. '나도 좋아해'라고 한 마디만 해 주면 좋겠다."

우지현과 나에 대해 전혀 모르는 사람이 들어도 얼굴이 화끈거릴 만한 고백이었다. 첫 곡을 마쳤을 때 나왔던 환호성보다 몇 배는 더 큰 반응이 터져 나왔다. 나는 인파를 헤치고 강당을 나왔다. 그대로 있다가는 심장이 폭발할 것 같았다.

대기실 문 앞에서 우지현의 무대가 끝나기를 기다렸다. 우지현은 물벼락을 맞은 듯이 땀범벅이 되어 대기실에서 나왔다. 나를 발견하고는 얼어붙은 듯이 그 자리에 그대로 멈춰 서 있었다. 한참 동안 나도 우지현도 아무 말 않고 서로를 보고 서 있었다. 복도에 꽉 차 있는 투명한 것은 공기가 아니라 우리 사이의 시간인 것 같았다. 그건 보이지 않게 흔들리고 있었다.

D+1

"밴드부 뒤풀이 안 해?"

"축제 다 끝나고 한대. 오늘은 각자 귀가. 어차피 선생님들 시내 순찰 돌잖아. 축제 때문에 흥분해서 학교 주변에서 음주 같은 거 할 수도 있다고."

밤 12시가 넘도록 우지현과 함께 있었다. 뭐 대단히 불량한 짓을 하느라 밖에 오래 있지는 않았고, 그냥 공원 벤치에 나란히 앉아 대화를 나눴다. 대화라고 해도 괜찮을까, 서로 민망해서 별 얘기도 못 했다. 그런데도 시간이 잘 갔다. 우지현 말대로 순찰을 도는 선생님들과 마주치기도 했지만 우지현이 곧 들어간다고 하니 다들 그래, 조심히 가라, 하고 말았다.

나는 핸드폰 화면 위의 날짜가 바뀌는 것을 확인하고 다시 주머니에 넣었다. 역시 그랬나, 이 루프의 목적은 내가 우지현의 고백을 피하지 않고 듣게 만드는 거였나. 모두 무대 위의 우지현을 쳐다보느라 나한테는 관심이 없었겠지만, 나는 나대로 지금까지 중 가장 대담한 하루를 보내고 있었기 때문에 이것으로 오늘이 저장된다는 사실이 엄청나게 신경 쓰이고 부끄러웠다.

"이제 갈까."

"아, 응."

내가 치마를 털며 일어나자 우지현도 후다닥 따라 일어났다.

공원에서 우리 아파트까지는 걸어서 5분이 안 되는 거리였다.

"나 아직 대답 못 들은 것 같은데."

아파트 앞까지 나를 바래다준 우지현이 내 옷자락을 쥐고 말했다. 뭐라고 해야 할지 정하지 못한 참이었다. 나한테도 오늘은 처음이니까. 루프가 이렇게 끝날 줄은 몰랐으니까. 알고 보니 일상은 엄청나게 불확실하고 예상 불가능한 것이었다. 앞으로 일어날 일이 무엇인지를 다 알았던 하루하루를 무방비하게 뚫고 나온 것이, 갑자기 조금 무서워졌다.

"갑작스러운 거 알아. 우리 친해진 지도 얼마 안 됐잖아. 그렇지만 나는 그전부터 계속 너 신경 쓰고 있었어. 수행 평가 같이 하게 됐을 때도 진짜 기분 좋았고."

우지현이 서둘러 덧붙였다. 내 대답이 궁금하지만 부정적일까 봐 겁이 나기도 한 듯이. 나는 우지현의 조바심이 마음에 들었다. 이것도 우지현이 무대 위에서 말한 나쁜 마음의 일종일까. 좋아하는 마음의 나쁜 일면.

"네 말이 맞아. 나 되게 혼란스러웠어. 너는 몰랐겠지만."

우지현은 내 말이 잘 이해되지 않는다는 듯이 눈을 가늘게 떴다. 나는 우지현에게 루프에 대해 자세히 털어놓고 싶기도 했고, 완전히 비밀로 하고 싶기도 했다.

"네 마음에 대해서도, 내 마음에 대해서도 아주 오랫동안 생각해 봤어."

"나 오늘 고백했는데?"

"나한텐 생각해 볼 만한 시간이 아주 많았어."

내가 겪은 불가사의한 루프를 비밀로 하는 건 쉬웠다. 설명하려고 노력해 봤자 이해 못 할 게 뻔하니까. 하지만 언젠가는, 가능하면 바로 지금, 말하고 싶다는 생각이 들었다. 이 순간에 도달하기 위해 내가 어떤 시간들을 통과해 왔는지를 우지현이 이해해 줬으면 했다. 대답 대신 그 시간들을 내밀고 싶다는 충동이 자꾸 튀어나왔다.

나는 숨을 고르고 우지현에게 손을 내밀었다. 우지현이 좋아하는 작고 하얀 손. 내가 싫어하는 통통하고 손마디 굵은 손.

"앞으로 잘 부탁해."

줄곧 의아한 얼굴로 나를 보던 우지현은 내가 내민 손을 지나쳐 나를 안았다. 숨도 못 쉬게 꼭. 전혀 예상치 못한 일은 아니었다. 가능성을 따지자면 반반 정도. 내가 손을 내밀면 우지현은, 내 손을 잡거나 나를 껴안거나. 앞으로 이런 일이 많이 일어나겠지. 따지고 계산하기를 좋아하는 내 마음을 가볍게 초과해 버리는 사건들이. 우지현은 나를 안은 채로 벅찬 목소리로 말했다.

"내일까지 어떻게 기다리지?"

그건 내가 줄곧 하고 싶던 말이기도 했다.

(2021)

작가의 말

　많은 부분 내 경험을 바탕에 둔 1부와 다르게 2부는 전적으로 상상력에 기대 썼다. 스스로 생각하기에는 작가인 내 정체성이 조금 더 분명하게 나타나는 작품들이다. 특히「고-백-루-프」는 1, 2부를 통틀어 가장 먼저 쓴 작품인데, 이 작품의 주인공 현지가 내가 쓰는 청소년소설 화자의 원형이라 단언할 수 있다. 계산적이고 조금 꼬인 성격에 자기가 꽤 똑똑하다고 믿고 있는 캐릭터. 1부의「솔직한 마음」에서 자기가 그리 똑똑하지 않다고 생각하는 주인공을 내세운 것도 현지를 의식해서였다. 현지와는 정반대의 인물을 그려 보고 싶다는 생각.

　특별히 의도하지 않으면 현지 같은 화자가 자꾸 나오는 건 아무래도 내 성격이 그와 같다는 의미일 것이다. 한편 친구들 앞에서 추석에 대해 발표하느라 쩔쩔매는 주인공이 나오는「보름지구」역시 대외적으로 매우 소심한 내 성격의 일면을 보여 준다. 나는 사람들 앞에서 이야기하는 것을 좋아하지만 그와 별개로 긴장을 몹시 많이 한다. 친한 작가 친구가 자기는 북 토크나 작가와의 만남이 전혀 긴장되지 않는다고 해서 '다 나 같은 게 아니었단 말이야?' 하고 충격을 느낀 적이 있다.

작가인 나의 현실과 멀리 있는 것처럼 보이는 작품들이 내 성격을 가장 뚜렷하게 보여 준다는 것이 신기하게 느껴진다. '이런 상황에 나라면 어떻게 할까?'를 끊임없이 질문하며 쓰는 작품들이기 때문이 아닐까. '나'라는 말을 지나치게 많이 쓰기는 했지만 독자들도 같은 생각을 하며 읽기를 바란다. 내가 이런 상황에 놓인다면, 나는 어떻게 할까를 자기 자신에게 물을 수 있기를. 이것이 바로 문학이 할 수 있는 가장 중요한 질문이라고 나는 믿는다.

보름지구

달에 살기 때문에 달을 볼 수 없는 사람들은 무엇을 보며 추석에 소원을 빌까? 사람들이 달에 가서 살 수 있을 만큼 과학 기술이 발전한 이후에도 명절은 우리에게 의미가 있을까?

「한겨레」에서 한가위 특집 콩트를 주문해서 쓴 작품이다. 한

가위의 의미를 되새기는 가족적인 작품이면 좋겠다는 단서가 주어졌다. 가족적인 작품이라면 어린이 또는 청소년이 주인공인 게 좋겠다는 생각을 했다. '전통' 하면 생각나는 것들과는 거리가 먼 SF적 분위기 속에서 전통에 대해 이야기하고 싶다는 생각도 있었다.

보기에 따라 주제가 교훈적이라 느낄 수도 있겠지만, 특별히 교훈을 노리고 쓰지는 않았다. 소설가가 되어 알게 된 사실 중 하나는 작가들도 다 그냥 사람, 시시하다 못해 때때로 한심하기까지 한 보통 사람들이라는 것이다. 내가 뭐라고 독자들에게 거창한 무언가를 가르치려 하겠는가. 독서의 교훈은 작가의 의도에서 나오는 것이 아니라, 책과 상호 작용을 거친 독자가 스스로 생각해 내는 것이다. 길고 어려운 책을 억지로 읽는다고 바로 똑똑해지진 않는다는 사실이 그 증거다.

반대로 쉽고 간단한 이야기를 접하더라도 그 이야기를 완전히 이해하고 사유하는 동안에 이야기를 읽기 전보다 다채로운 시각을 갖게 될 수 있다. 「보름지구」는 후자가 되기를 바라며 썼다.

고-백-루-프

소설 앤솔러지를 만들 때, 그러니까 여러 작가가 같은 주제로 작업해 한 권의 책을 묶을 때 내가 제일 신경 쓰는 요소는 '어떻게 해야 제일 눈에 띄는 걸 쓸 수 있을까'다. 유치하지만 이게 솔직한 본심이라 작가의 말에서나마 고백해 본다.

「고-백-루-프」가 수록된 소설집 『그래서 우리는 사랑을 하지』(돌베개)의 테마는 '청소년 퀴어 로맨스'였다. 사랑에 빠진 퀴어 청소년이 나오는 이야기. 같은 조건을 공유하는 여러 편의 소설 중에서 가장 독특한 것을 쓰려면 어떤 요소를 더해야 할까? 이 질문에 대한 답으로 루프 장르의 법칙을 떠올렸다.

콤플렉스가 뚜렷해서 심사가 조금 꼬여 버린 사람과 그 사람을 무조건적으로 사랑하는 누군가의 사이에서 벌어지는 소동을 나는 무척 좋아한다. 개인적으로는 이것을 '『금오신화』 같다.'고 표현한다. 자기의 부족함을 잘 알고 있는, 알다 못해 확대 해석하고 있는 사람에게는 갑작스레 다가오는 사랑이 경이롭고도 두려울 수밖에 없다. 상대방은 자기와 대조적으로 완벽하게만 느껴지고, 그런 상대방이 자기를 좋아하는 게 진심일 리 없다고 생각하게 된다. 그렇지만 결핍을 안고 있는 사람에게 사랑은 꼭 필요하다. 사랑은 자신을 미워하는 사람이 처음으로 자신을 긍정할 근거가 되기도 하니까.

결국은 그 어떤 사랑도 기적의 예외가 아니다. 사랑이 지닌 놀라운 속성을 생각해 볼 때, 루프라는 장치도 따지고 보면 대단히 놀라울 것은 없는 셈이다.

3부

가시

1

매니큐어를 지우자 오른손 엄지손톱 밑에 도사린 것이 모습을 드러냈다. 가시였다. 손톱 아래를 세로로 질러 내려가는 짧고 검은 선. 꾹, 누르자 핏기가 가셔 하얘진 손톱 밑 그것이 한층 또렷하게 보였다. 마치 작은 바늘처럼 생긴 그것은 당신의 속눈썹을 닮아 있었다.

개복하자마자 감당할 수 없을 만큼 자라 버린 암세포를 발견한 의사의 기분이 꼭 그렇지 않을까. 나는 나도 모르게 주먹을 꾹 쥐고 말았다. 엄지손가락이 다른 손가락들 아래에 들어가 숨었다. 그래도 그 짧은 흉기의 잔상은 아른아른 남아 있었다.

어쩌면 그것은 정말 당신의 속눈썹이 아니었을까. 엄지손톱 바깥쪽 끝에서 시작되어 안쪽 흰 반달께까지 닿아 있던, 정말로 그것이 당신 속눈썹은 아니었을까. 별스레 길고 검고 숱이 많았던 당신의 속눈썹 중 한 가닥은 아니었을까.

잊혀지는 것이 싫어서 당신이 내게 박아 넣은 흔적은 아니었을까.

2

지금 열차가 들어오고 있습니다. 손님 여러분께서는 한 걸음 물러나 주시기 바랍니다.

지하에서는 빛보다 소리가 빠르다. 열차 헤드라이트에 앞서 긴 기적 소리가 먼저 터널 안으로 달려 들어온다. 귀가 먹먹하다. 나는 흐트러진 머리채에 왼손을 갖다 댄다. 바람이 분다.

우리 역은 전동차와 승강장 사이가 넓습니다. 타실 때 발이 빠질 염려가 있사오니 조심하시기 바랍니다.

고개를 돌리면 어느새 열차는 성큼 여기까지 와 있다. 눈을 한 번 감았다 뜨면 달리는 열차 위에 비치는 내 모습이 보인다.

차창에 비친 나는 페이퍼 애니메이션처럼 쉴 새 없이 움직이고 있다. 열차가 점점 느려진다. 내 그림자도 그처럼 조금씩 느려지다가 끝내는 멈춘다. 나는 부르쥔 오른손을 조금 느슨하게 풀어 본다. 문이 열린다. 문안으로 한쪽 발을 들여 놓고 거기에 체중을 실어 본다.

차 안은 한산하다. 군데군데 이가 빠진 자리들이 영 생경하다. 사람이 꽉꽉 들어차 늘 포화 상태인 등하교 시간대 전철과는 전혀 다른 풍경이다. 나를 힐끔거리는 어색한 시선들이 느껴진다. 쳐다보는 사람들에게는 오히려 내가 낯설 것이다. 이 시간, 전철 안에, 교복 입은 학생이라니.

나는 노선도를 한참 들여다보다 자리에 앉는다. 목적지까지는 몇 정거장 남지 않았지만 버젓이 비어 있는 자리 앞에 그냥 서 있기는 민망하다. 차체가 규칙적으로 흔들린다. 전날 늦게 잠든 탓인지 자꾸 눈이 감긴다. 졸면서 잡상인이 떠드는 소리와 걸인의 카세트에서 나는 찬송가 소리와 몇몇 역의 이름을 듣는다. 이번 정차역은 수유, 수유역입니다. 반사적으로 눈이 뜨인다. 아직 잠이 가시지 않은 몸을 억지로 일으켜 문 앞에 선다. 차창 밖으로 모르는 사람들의 얼굴이 지나간다. 이윽고 열차는 멈춘다. 나는 잠깐 누군가와 눈을 마주친 것 같다는 생각을 한다.

문이 열리면서 바람 빠지는 소리가 난다. 문밖에 서 있던 사람들과 내가 자리를 바꾸면 열차는 문을 닫고 다시 달려 나간다. 열차의 긴 몸체가 역을 완전히 빠져나가고 고요가 그 뒤를 따라 들어온다. 진공 상태를 연상시키는 적요함이다. 문득 정말로 진공 공간 안에 있는 것처럼 숨이 막힌다. 나는 지상으로 나가는 걸음을 재촉한다.

계단을 반쯤 오르자 초여름 땡볕이 눈을 탁 쏜다. 금세 콧잔등에 땀이 배어난다. 나는 손부채를 부치며 지나가는 아주머니를 붙잡고 묻는다. 시외버스 터미널이 어디예요? 아주머니는 대답 대신 몇 걸음 안 떨어진 곳에 서 있는 허름한 컨테이너를 가리킨다. 꾸벅 목례를 하자 아주머니는 길 저편으로 빠르게 사라져 간다.

컨테이너 안에 들어서자 열기가 확 끼쳐 온다. 낡은 선풍기가 덜컥거리며 돌아가고는 있지만 더운 공기를 밖으로 얼마간 몰아내는 역할 이상은 못 하는 듯하다. 매표구 유리창 위에는 쥐 오줌이나 파리똥 같은 것들로 얼룩진 노선표와 요금표가 붙어 있다. 안에서는 펄럭펄럭 부채 부치는 소리가 난다. 나는 조금 머뭇거리다가 말한다.

"동송 직행, 학생이요."

3

잠이 오지 않았다.

창문으로 가로등 불빛이 스몄고 덕분에 맞은편 벽에 걸린 시계가 어렴풋이나마 보였다. 새벽 1시 40분이 좀 넘었다. 자리에 누운 지 거의 두 시간이 되어 가고 있었다. 나는 초침 도는 소리랑 언니 숨소리가 너무 커서 잠이 안 오는 것 같다고 생각했다. 초침 소리도 초침 소리지만 혼곤히 잠든 듯 고른 언니의 숨소리는, 어쩐지 얄미웠다.

언니는 미용실에 다닌다고 했다. 경력이 없어서 손님들의 머리를 만지는 시간보다 잡일하는 시간이 더 길다고 그랬다. 미용실을 열고 닫는 일도 언니의 몫이랬다. 그래서 언니는 늘 일찍 나가서 늦게 들어왔다. 방에서 지내는 시간보다 밖에서 보내는 시간이 더 길었다.

반면에 나는 거의 밖으로 나가지 않았다. 허위허위 나가 본들 마땅히 할 일도 만날 사람도 없었다. 방 안에 드는 햇살 가닥을 손거울로 모아 되받아 내거나 언니의 화장품과 매니큐어를 집적대는 것으로 시간을 보냈다. 해가 기울면 바닥을 짚어 따뜻한 데를 찾아서 엎드린 다음 배를 지졌다. 방에는 시린 외풍이 들었고 채광도 환기도 형편없었다. 한쪽 구석에는 늘 무거운 습기가 가라앉아 있었다. 집세가 싸서 그런 모양이라고 나는 생각했지만 그런 생각을 언니에게 말하지는 않았다.

어느 일찍 깬 날에 언니가 방문을 나서는 소리를 들은 적이 있다. 간유리 바깥의 추위는 아직 서슬이 퍼랬다. 밭은 기침 소리가 났다. 나이가 들어 새벽잠이 없던 주인 남자의 기척이었다. 언니는 그에게 인사했다. 남자는 기침을 섞어 가며 밀린 방세에 대해 이야기했다. 언니는 콧소리로 아양을 부리며 그의 비위를 맞췄다. 남자는 킬킬 웃으며 상스러운 농지거리를 했다. 언니는 웃으며 맞받아치고는 다녀올게요, 하고 인사했다. 대문이 열렸다 닫히는 소리가 났다.

그날은 종일 밖에서 기침 소리가 들리는 것 같았다. 언니가 원래보다 한 옥타브 높은 목소리로 듣기 싫게 호호 웃던 소리도 자꾸 귀에 걸렸다. 밤에 언니가 돌아왔을 때에도 당연하다는 듯이 비슷한 일이 벌어졌다. 웃으며 남자에게 인사한 언니는 방에 들어와 문을 닫고 후우, 한숨을 내쉬었다. 파마 약 냄새가 조금 났다.

그런 서러움이 자꾸 당신을 생각나게 했다. 살아 볼수록 언니가 자랑하던 서울의 삶은 모질고 비참하기만 했다. 모든 삶이 꼭 그렇지는 않을 것이었다. 그러나 적어도 언니와 나만은 그랬다. 언니와 나는 서울의 가장 낮고 더러운 데에 기생하고 있는 듯했다.

누운 채로 나는 당신의 이름을 몇 번 되뇌었다. 밤이 깊을수록 오히려 눈은 말똥말똥 뜨였다. 돌아누워 언니를 보았다. 어둠 속에서 어떤 실루엣이 서서히 드러났다. 숨소리를 따라 오르내리는 좁은 어깨가 왠지 싫고도 가엾었다. 한참 그 뒤태를 보고 있다가 다시 돌아누워 시계를 보았다. 겨우 1~2분 남짓밖에는 지나지 않았다. 나는 몸을 계속 뒤치락거렸다.

도통 잠이 오지 않았다.

4

버스 안에서는 퀴퀴한 냄새가 난다. 나는 대번에 현기증을 느낀다. 멀미가 오지는 않을까. 차 앞쪽에 앉는 것이 멀미엔 좋다는 말이 생각나 냉큼 운전석 바로 뒤에 자리를 잡는다. 운전사가 백미러로 나를 보고 있다.

"학생, 이 시간에 어딜 가?"

나는 얼굴이 뜨거워진다. 난처하다. 대답 대신 더듬거리며 묻는다. 저 아저씨, 동송까진 얼마나 걸리나요. 운전사는 차를 출발시키며 말한다. 그때그때 다르지. 혹시 차가 안 막히면 두 시간 안에도 갈 수 있고, 늦으면 세 시간 넘게도 걸리고. 생각보다 가깝다. 마음만 먹으면 얼마든지 왕래할 수 있는 거리다. 다행스럽다.

나는 창밖으로 눈을 돌린다. 높이가 비슷비슷한 빌딩들과 낯선 상호들이 보인다. 평일 오전인데도 거리에 사람이 많다. 도로 위에서는 지붕이 낮은 승용차들이 버스 옆을 달리고 있다. 동송이 가까워질수록 건물들은 점점 낮아지고 길은 점점 좁아지리라. 곧 사람보다 가로수가 흔한 한산한 길이 나타나리라. 나는 오랜만에 편히 호흡할 수 있으리라. 마음이 편해진다. 내가 지금 그곳으로 가고 있다는 사실이 피부로 느껴진다. 어쩐지 가슴이 따뜻한 것으로 꽉 차오르는 듯하다.

나는 의자를 젖혀 뒤로 눕는다. 어쩐지 잠이 잘 올 것 같다. 고개를 살짝 틀어 오른손을 내려다본다. 땀이 밴 주먹을 천천히 편다. 다른 네 손가락 밑에 쭉 숨어 있던 엄지손가락이 고개를 든다. 아직 거기 박혀 있는 까만 가시가 짐승의 가늘고 뾰족한 동공처럼 꼿꼿이 선 채 나를 노려보고 있다. 어색하게 세운 손가락 끝에는 작고 파릇한 것이 아슬히 매달려 있다.

새싹.

5

언니는 2주에 한 번 수요일에 쉬었다. 나는 그것으로 미루어서 요일과 날짜를 대충 가늠할 수 있었다. 쉬는 날 언니의 일과는 내 평소의 그것과 별로 다르지 않았다. 언니는 내가 으레 배를 지지던 바닥을 차지하고 누워 피곤하다고 뇌까리거나 낮잠을 잤다. 그러다 핸드폰이 울리면 비실비실 일어나 외투를 입고 나갔다. 그렇게 나간 날에는 평소보다도 늦은 시간에나 돌아오곤 했다.

그날은 언니와 나 둘 다 일찍 일어났다. 나는 뭔가 부스럭대는 소리에 잠이 깼다. 언니가 내 옷가지들을 뒤적이고 있었다.

"이렇게 옷이 없었나, 참."

언니는 내가 깼는지 모르고 혀를 찼다. 나는 돌아누워 언니가 깨울 때까지 자는 시늉을 하고 있었다. 그날 나는 언니 옷을 입고 언니와 함께 외출했다. 전학할 학교에 가서 담임이 될 남자를 만나고 새 교복을 맞춘 다음 목욕탕에 갔다. 조금 추웠다. 돌아오는 길에 언니는 연락을 받고 어디론지 가 버렸고 나는 언니가 시키는 대로 혼자 방으로 들어가서 손발톱을 깎고 매니큐어를 지웠다. 그렇게나 긴 가시가 그 밑에 숨어 있을 줄은 생각도 못했다. 하마터면 소리를 지를 뻔했다.

이것은 어디에서 온 것일까.

이따금 가시 박힌 자리는 따끔따끔 아팠다. 무언가를 쥘 때나 어딘가에 스칠 때, 통증은 적당한 자극으로 되살아나곤 했다. 그때마다 나는 참았다. 참을 수 있다고 생각했다. 아파도 가시를 뽑지 않은 것은 당신 때문이었다. 나는 그것이 정말 당신의 속눈썹일 거라고 믿었다. 그러므로 통증은 몸에 당신의 일부를 지닌 탓으로 내가 응당 견뎌야 할 무게였다. 가시 박힌 자리가 따끔거릴 때마다 나는 당신을 생각했다. 통증의 간격은 갈수록 짧아졌다. 주먹을 쥐는 버릇이 생겼다. 잘 때도 오른손은 펴지 않았다.

봄부터 나는 학교에 다니기 시작했다. 실토하자면 잘 적응하지는 못했다. 창가에 앉아 있어도 덜컥덜컥 숨이 막혔다. 밥이 잘 넘어가지 않았고 냄새만 맡아도 헛구역질이 났다. 때로 누가 깨문 것처럼 뒷덜미가 지끈지끈 아팠다. 자주 갈증이 났다. 버티지 못하고 조퇴증을 끊어서 교문 밖으로 튀어 나가곤 했다. 그렇게 나와서 대단한 것을 했는가 하면 그렇지도 않다. 학교 담에 기대어 햇볕을 쬐며 숨을, 조심스럽게 쉬었다. 나는 오염되고 있었다. 오염된다는 말은 죽어 간다는 말과 별로 다르지 않은 것 같았다. 나는 당신에게 그것을 전하고 싶었다. 있잖아요, 나 오염되고 있어요. 알고 있어요? 저기요, 나 숨을 못 쉬겠다니까요?

그리고 이것은 얼마 전의 일이다. 모처럼 당신 꿈을 꾸었다. 잠든 당신의 속눈썹을 내가 오른손 엄지손가락으로 가만히 어루만지는 꿈이었다. 그러다 갑자기 그 손가락이 타는 듯이 아파졌다. 손끝이 갈라지는 것만 같았다. 식은땀을 흘리며 앓는 소리를 내다가 깼다. 창문 밑으로 엉금엉금 기어가 창문으로 스며

171

드는 가로등 불빛에 손끝을 비추어 보았다.

눈곱만 한 무언가가 손톱 밑에 비어져 나와 있었다.

6

요철을 넘느라 차체가 한번 들렸다가 쿵 떨어진다. 그 바람에 나는 잠에서 깬다. 그 와중에 짧으나마 꿈도 꾼 것 같은데 어떤 꿈이었는지는 잘 기억나지 않는다. 커튼을 와락 젖히고 바깥을 내다본다. 어느덧 동송이다.

"동송 다 왔습니다. 짐 잘 챙겨서 내리세요."

버스는 크게 한 바퀴 돌아 터미널로 들어가 선다. 뒤에 앉아 있던 사람들이 통로로 느릿느릿 걸어 나온다. 모두 가방이 크고 무겁다. 긴 여정에서 돌아왔거나 이제부터 그런 여정을 시작할 참이라는 증거다. 등에 진 책가방이 괜히 부끄러워진다. 나는 맨 마지막에 내린다.

차에서 내리면 과연 이곳은 동송이다. 나는 천천히 걸어 터미널 옆 약국과 시곗방을 지나 속옷 가게와 빵집 사이로 난 골목에 들어선다. 때늦게 봉오리를 올린 장미 줄기들이 얽혀 있는

172

교회 울타리가 나타난다. 걷다 보면 사철탕집도 나오고 유흥업소도 나온다. 진작 망했으면서 아직도 깨진 네온 간판을 그대로 걸고 있는 미용실도 여전하다.

나는 숨을 깊이 들이마신다. 전봇대를 이은 전선들로 구획된 낮은 하늘을 올려다본다. 이전과 다를 바가 없다. 이 길을 함께 걷던 당신을 생각한다. 아무도 없는 길 위에서 오른손을 활짝 펼쳐 본다. 엄지손가락 끝에 매달린 연녹색 쌍떡잎식물이 바람에 살랑살랑 흔들린다. 어디선가 개가 짖는다.

나는 계속 걷는다. 이윽고 당신과 내가 살던 연립이 나온다. 다 낡은 붉은 벽돌 건물이 손바닥처럼 파랗게 돋아난 담쟁이덩굴 잎으로 제 몸을 가리고 있다. 막 떠날 무렵에는 말기 암 환자의 혈관처럼 까맣게 말라 있던 식물이다. 나는 체감 온도가 유난히 낮았던 지난겨울을 생각한다. 다 여름에 으스스 오한이 든다.

더워서인지 습해서인지 연립의 유리문은 열려 있다. 나는 나도 모르게 그 문안으로 들어가 보려다가 지레 망설인다.

아.

이 건물에 나와 당신의 집은 없다. 이제는 이곳을 우리 집이라고 부를 수 없다는 사실을 나는 잊고 있었다. 가슴이 새삼 문드러지는 듯하다. 나는 가시가 어느덧 가슴까지 뿌리를 내린 것은 아닌지 의심해 본다.

처진 걸음으로 돌아 나오다가 나는 전봇대 위에 붙어 있는 빛바랜 종이를 본다. 전세, 국영연립 가동 201호, 15평, 보증금 차후 협의. 여러 갈래로 잘려 있는 아랫부분에는 어떤 연락처가 새겨져 있다. 몇 조각은 이미 뜯겨 나간 채다. 나는 그 전봇대에 기대어서 조금 운다. 멈출 만하다가 조금 더 운다. 더, 더 운다. 뜻밖에 눈물이 많이 난다.

당신과 내가 살던 집이다.

7

거진 3년 만이었다.

처음에는 언니가 아닌 줄 알았다. 또 다른 조문객인 줄만 알고 꾸벅 인사를 했었다. 언니는 울음을 터뜨리며 나를 껴안았다. 언제 이렇게 컸냐고, 언니가 미안하다고, 언니는 꽤 오래 울었다. 아닌 게 아니라 나는 어느새 나를 안은 여자랑 어깨높이가 비슷해져 있었다.

엄마, 호강도 못 시켜 줬는데…….

언니는 당신의 영정 앞에서도 그렇게 목을 놓아 울었다. 한참을 울고서 눈물을 닦는 옆얼굴이 당신과 무척 닮았기에 나는 깜짝 놀랐었다. 그때까지는 정말 내 언니가 맞나 미심쩍을 만큼 낯설기만 했던 것이다. 조문객들은 언니와 내가 닮았다고 했다. 나는 언니가 나와 당신의 중간 과정에 있는 것이라고 생각했다. 어쩌면 늙고 병든 당신과 맞바꿔서 젊은 언니를 받은 것 같기도 했다.

장례식 내내 기분이 언짢았다. 울어도 시원하지가 않았고 목 안에는 계속 커다란 덩어리가 걸려 있는 것 같았다. 침을 삼키는 것이 불편할 때마다 나는 당신의 자궁을 반도 넘게 먹어 치웠다는 암 덩어리를 생각했다.

수유역과 동송 사이에 무정차 버스가 다니는 줄은 알았는데 타 본 것은 그때가 처음이었다. 막차를 탔는데도 잠은 오지 않았고 잠도 안 자면서 언니에게 말 한마디 건네지 않았었다. 말이라면 언니가 많이 했으니 괜찮다고 생각했다.

"이제부터 언니랑 같이 사는 거야. 언니한테 그동안 섭섭했지? 너, 서울이 얼마나 좋은 줄 아냐, 이 촌년아……."

나는 자는 척하느라 언니를 등지고 창밖을 보고 있었다. 까만 바탕에 원색들이 점점이 빛나고 있었다. 초등학교 때 사포 위에 그렸던 그림이 생각났다. 나는 그때 당신과 언니와 내가 쥐불놀이하는 모습을 그렸었다. 잠이 섞여서 가라앉은 목소리로 언니는 말했다.

"언니가 이제 진짜로 잘해 줄게……."

8

가시를 뽑는다.

손끝에서 자라난 싹을 왼손 엄지와 집게손가락으로 가볍게 잡는다. 서두르면 끊어질까 봐 조심조심 그것을 잡아당긴다. 내 안에서 무언가 뽑혀 나가고 있다. 손톱 밑에서 까맣고 길쭉한 것이 기어 나가고 빈 곳에는 가시 대신 빨간 피가 차오른다. 입에 침이 고인다. 혀와 이 끝 사이로 스읍, 하고 숨을 삼킨다. 손이 떨린다.

아.

드디어 그것이 끝을 드러내자 가슴이 따끔 아프다. 부드럽고 까만 가시 둘레에는 실핏줄 같은 잔뿌리가 다닥다닥 붙어 있다. 더러 조금 긴 잔뿌리는 연분홍색 살점도 조금 쥐고 있다. 눈물이 핑 돈다.

이렇게도 조그만 것이 사람을 그렇게나 아프게 했구나.

9

가시는 내 몸의 무엇을 양분으로 자랐을까.

알을 낳으려고 숙주를 물가로 유인하는 기생충이 있다는 말을 들은 적이 있다. 어쩌면 이미 없는 당신을 찾아가도록 나를 부추긴 것은 바로 가시가 아니었는지 생각해 본다.

왜 숙주들은 그 고통에도 불구하고 기생물을 떨쳐 내지 못하는 걸까. 사마귀는 왜 몸속에 연가시를 키우는가. 나는 왜 처음에 가시를 뽑지 못했나. 당신은 왜 암에게 당신의 낡은 아기집을 내주었는가. 아니, 애초에 왜 언니와 나에게 그 아기집을 빌려주었나.

왜 몸에다 다른 삶을 키우는 것이 얼마나 아픈 일인지를 알게 했는가.

0

나는 오른손 엄지를 물고 돌아간다. 돌아가는 길이 왔던 길보다 짧은 것 같다. 나는 버스를 타고서 한 번 졸지도 않고 수유역에서 내린다. 지하철을 탄다. 환승역에서 내려서 또 지하철을 탄다. 내려서 걷는다. 조금 오래 걸으면 지금 나와 언니가 우리 집이라고 부르는 곳이 나온다. 둘이 살기에 좁지 않은 곳이다.

페인트칠이 반쯤 벗겨진 대문을 지나서 본채 건너 우리가 사는 방 안으로 들어간다. 미닫이문을 닫고 쓰러지듯 눕는다. 이

욱고 잠이 든다. 언제 잠이 들었는지도 모른 채 정신없이 자다가 문이 드르륵 열리는 소리에 깬다. 나는 목만 살짝 들어 동정을 살핀다. 언니가 왔다.

"담임 선생님한테 전화가 왔었어."

어둑어둑한데 불도 켜지 않은 채로 언니는 말한다. 나는 다시 누워 입도 벌리지 않고서 으응, 하고 목을 울리는 것으로 대답을 대신한다. 철썩, 눈앞에서 불꽃이 인다. 뺨을 감싸 쥐고 일어나 앉아서 놀란 눈으로 언니를 본다. 언니는 격앙된 어조로 빠르게 몰아붙인다.

"이놈의 계집애, 학생이 학교를 안 가? 내가 그러라고 교복 사 주고 급식비 대 주고 학비 내주는 줄 알아?"

"아니⋯⋯."

고개를 가로로 회회 젓는다. 암순응이 된 눈에 어렴풋이 언니의 어깨가 떨고 있는 것이 보인다. 우는가 보다.

학교는 안 가고 어디에 가 있던 거야, 나쁜 년아.

언니는 훌쩍거리며 내 어깨에 얼굴을 묻는다. 나는 언니가 이름만 바뀐 당신이 아닌가 생각해 본다. 양손을 언니 등 뒤에서 맞잡아 본다. 마치 처음부터 그렇게 붙어서 태어났던 것처럼 편안하고 자연스럽다. 울음을 그친 언니의 숨소리와 나의 그것은 길이와 높낮이가 비슷하다. 나는 어느새 오른손 엄지손톱 밑의 허전함이 사라져 있음을 깨닫는다. 깍지를 풀어 언니의 젖은 눈을 문제의 손가락으로 살며시 쓰다듬어 본다.

아.

언니 감은 눈 밑에, 젖은 가시덤불이 있다.

(2007)

발톱

"이리 와, 발톱 깎아 줄게."

욕실 문을 열자마자 보이는 자리에 여자는 서 있었다. 오른손에는 조그만 금속을 쥐고 있다. 눈이 마주치니 웃는다. 이리 오라고 손짓을 한다. 어쩐지 가슴이 선뜻해 고개를 저었다. 젖은 머리칼 끝에서 물방울이 뚝뚝 떨어졌다. 목덜미가 차가워졌다. 여자의 얼굴에서 웃음기가 조금 가셨다. 나는 여자의 눈을 피했다.

"발톱은 불었을 때 깎아야지. 너, 그동안 빵꾸 나서 버린 스타킹이 몇 갠 줄 아니?"

"제가 알아서 할게요. 신경 쓰지 마세요."

"그럼 귀 파 줄까? 귀는 어차피 혼자선 못 파잖아."

"아빠가 귀 파는 거 위험하다고 남 맡기지 말라 그랬어요."

마침내 여자는 입을 다물었다. 나는 방으로 돌아와 조용히 문을 닫았다. 거울 앞에 섰다. 상기된 얼굴이 비쳤다. 머리를 대강 빗고 불을 껐다. 침대에 몸을 누인다. 여자와 함께 살고부터는 취침 시간이 눈에 띄게 일러졌다. 잠을 자지 않으면 여자가 아까처럼 갖가지 화제로 말을 걸어오기 때문이다. 대화하는 것이 그리 어려운 일일 까닭은 없지만, 상대가 그녀라면 이야기는 달라진다. 그나마도 오늘은 좀 나은 것이었다. 평소엔 예, 아니요 이상의 대답은 거의 하지 않는다.

왁자지껄 떠드는 소리가 들린다. 여자가 TV를 켠 모양이다. 잠이 쉬 오지 않지만 나는 끝내 누운 자리를 지킨다. TV 소리가 꺼진 뒤에도 잠은 오지 않았다. 나는 어두운 가운데 오랫동안 눈만 깜박였다.

여자는 젊었다. 얼추 스물일고여덟쯤 먹었을 터였다. 게다가 그런대로 미인이다. 키도 크고 호리호리하니 잘 빠졌고, 첫인상에도 골 빈 여자 같지는 않았다. 아마 조문객들은 그런 여자가 왜 우리 아빠의 빈소를 지키고 있는지 의아했으리라. 더구나 상주는 내가 아닌 그 여자의 이름으로 되어 있었다.

조문객들은 실례가 되지 않을지 조심스러워하며 내게 물었다.

"너희 고모니?"

나는 고개를 가로저으며 짧게 답했다.

"아니요."

"이모니?"

"아니요."

"그럼, 대체 누구니?"

"……."

"얘, 저 여자 누구냐니까?"

질문은 거듭될수록 원색적으로 변해 갔다. 나는 대답을 할 수 없었다. 내 입으로는 말할 수 없었다. 얼굴이 화끈거려 고개도 들 수 없었다.

"고인의 아내 되는 사람입니다. 이 애 새엄마구요."

여자는 나를 대신해서 조문객들에게 자신을 소개했다. 잠시 상상력의 한계에 부딪쳤던 조문객들은 저들끼리 수군대더니 이윽고 상황 파악이 되었는지 여자에게 저마다 하나씩 위로를 던졌다. 젊은 분이 안됐네요, 마음고생이 심하시겠어요, 같이 산 지 얼마 되지도 않은 모양인데 쯧쯧쯧.

이 희극 같은 일련의 과정은 장례식 내내 반복되었다. 때마다 새로운 사람들이 찾아와서 곤란한 질문을 하면 대답 대신 여자가 자기소개를 하고 사람들은 아 그러시냐고, 참 안되셨다고 여자를 동정했다. 이상하다. 저 사람들은 어째서 죽은 아빠보다 여자를 더 동정하는 걸까. 여기는 죽은 아빠를 애도하는 자린데 이 자리에서 여자는 아빠를 팔아 동정을 사고 있다. 그런데 왜 사람들은 아무도 그걸 의아히 여기지 않는 걸까.

아빠는 교통사고로 죽었다.

자연사보다 흔하다는 교통사고를 당해 알아볼 수 없는 형체가 되어 죽었다. 사체를 확인할 때 여자는 내 눈을 가렸었다. 여자의 손을 뿌리치자 아빠일 거라고는 생각되지 않는, 어떤, 그래, 혐오 물질이 눈에 들어왔다. 여자와 나는 누가 먼저랄 것 없이 구역질을 시작했다. 흰옷 입은 사람들이 아빠를 관에 쓸어 담았다.

장례식 마지막 날, 그 관이 기어이 땅 밑으로 내려갔다. 관 위로 흙이 뿌려지는 광경 외에는 모든 것이 희뿌옇게만 보였다. 아빠가 보고 싶었다. 장례식 기간 내내 아빠를 보지 못했다. 나는 두리번대며 아빠를 찾았다. 여자가 내 팔을 꼭 붙들었다.

아빠 저기 계시잖니?

여자가 봉분이 생긴 무덤을 손가락으로 가리켰다. 그제야 아빠가 죽었다는 사실이 실감이 났다. 눈물이 한꺼번에 쏟아졌다. 아빠가 죽은 것이 슬퍼서, 불쌍해서, 기가 막혀서, 억울해서, 분해서, 안타까워서, 어이가 없어서……. 그러니까 아빠가 죽어서. 아빠가 죽어서.

여자는 내게 손수건과 몇 마디 상투적인 위로를 건넸지만 끝내 자기는 울지 않았다. 나는 그녀의 지나치게 담담한 표정이

못마땅했다. 문득 이 여자가 정말 아빠를 사랑했을까 하는 의구심이 생겼다. 멈추려던 눈물이 다시 쏟아졌다. 인정하긴 싫지만 아빠가 마지막으로 사랑했던 여자다. 그 여자가 아빠를 사랑하지 않았다면, 죽은 아빠가 더욱 불쌍해지지 않겠는가.

그걸 이제 알았니?

여자의 목소리가 귓전에 왕왕 울렸다. 이 돌발 사태에 나는 여자를 돌아보았다. 여자는 아주 소름 끼치는 웃음을 입에 걸고 있었다. 여자의 말이 이어졌다.

마흔 넘은 홀아비 뭐 볼 거 있다고 결혼까지 했겠니? 뻔한 거 아니겠니?

뒷걸음질을 쳤다. 무서웠다. 여자와 거리가 조금 생기면 뒤돌아 도망치려고 했는데 발밑의 바닥이 우수수 무너져 버렸다. 발을 아무리 열심히 굴러도 허공을 맴돌 뿐이다. 내가 우스웠는지 여자는 소리를 내어 웃기 시작했다. 누군가 부르고 싶은데 목소리가 나오지 않았다. 살려 주세요, 살려 주세요. 외치려 애쓸수록 오히려 목이 막혀 왔다.

허억.

어렵사리 잠이 들었나 했더니 악몽을 꾸어 깼다. 온몸이 식은땀 범벅이다. 이마와 눈가를 훔쳤다. 심호흡을 하고 나니 기분이 좀 나아졌다. 그런데 아랫도리 느낌이 좀 이상하다. 축축

미지근하다. 설마 이 나이에 실금을 한 것일까? 벌떡 일어나 불을 켠다. 시린 눈을 끔벅이며 보니, 시트에 검붉은 얼룩이 져 있다.

아, 올 것이 왔구나. 침착하게 화장대 서랍 맨 아래 칸을 열어 생리대와 위생 속옷을 챙긴다. 거실로 나오자 이상한 소리가 들렸다. 우욱 우욱 하는, 배 속에서부터 솟구치는 울림 짧은 소리. 욕실에 여자가 있다. 좀 더 다가가니 문틈으로 변기를 부여잡고 구역질을 하는 여자가 보인다.

나는 여자의 눈을 피해 방으로 돌아왔다. 문 뒤에 기대서서 여자의 발소리, 문 닫는 소리를 들었다. 잠잠해질 때까지 시선은 발끝에만 두고 있었다. 조심스럽게 문을 열고 욕실로 가 재빨리 일을 해치웠다. 아까와는 달리 잠이 잘 왔다.

장례식 마지막 날에 나는 여자가 운전하는 차를 타고 집으로 돌아왔다. 낯선 길을 낯선 여자가 운전하니 아빠 차까지 낯설어지는 듯했다. 차 안에는 여자와 나 둘뿐이었다. 내가 두려워하던 생활이 드디어 시작된 것이었다. 피 한 방울 섞이지 않은 여자와 단둘이, 그것도 가족 관계로 살아야만 하는, 그야말로 기가 막히게 부조리한 생활이.

갑자기 숨이 막혀서 창문을 내렸다. 찬바람이 흘러 들어온다. 크게 숨을 들이마셨다. 기분이 좀 나아져 지그시 눈을 감고 있는데 여자가 창문을 올렸다. 나는 신경질을 부리며 다시 창문을 내렸다. 여자는 아무 말도 하지 않았다. 나는 태연한 목소리로 여자에게 지난 며칠 내내 궁금하던 것을 물었다.

"몇 살이에요?"

"스물아홉."

"와, 띠동갑이네요?"

아무리 둔해도 이쯤 되면 내가 자길 빈정대고 있단 걸 알아야 한다고, 나는 생각했다. 그러나 여자는 태연히 고개를 끄덕였다. 띠동갑이 궁합 최고 좋다던데, 하고 넉살 좋게 웃기까지 했다. 나는 여자가 당황하고 속상해하는 모습을 보고 싶었다. 농담이나 붙이려고 말을 건 것이 아니었다. 잠시 정적. 여자는 혼자 웃은 것이 무안해졌을 것이다.

창문을 다시 올렸다. 바람에 머리가 헝클어져 도리어 찌증이 나서였다. 여자는 말이 없었다. 오기였을까, 그 무심한 표정에 심술이 나서, 나는 예정에 없던 화제를 입에 올렸다.

"우리 아빠, 보험금 많이 나왔어요?"

"무슨 소리니, 그게?"

"보험금이 많이 나와서 나 키우기로 한 거 아니에요?"

날카로운 마찰음이 귀를 찔렀다. 여자가 급정거를 한 것이다. 여자는 제법 무서운 얼굴로 나를 보고 있었다. 가슴이 뛰기 시작했다. 나는 짐짓 새침한 표정을 지어 보였다.

"뭐야?"

"아님, 뭘 믿고 나 키운다고 그랬어요?"

"너 아주 안되겠구나?"

한심하다는 어조였지만 눈에는 물기가 배어 있었다. 모르는 척 고개를 돌려 창밖을 보았다. 가슴 뛰는 소리가 여자에게 들릴 것만 같았다. 옆으로 지나가는 전봇대를 한 오십 개 세었나 보다. 곁눈질로 보니, 여자는 입을 가로로 길게 다물고 있었다. 눈은 이미 말랐다. 당황했다기보다는 화가 난 듯했지만, 아무튼 소기의 목적은 달성한 셈이었다. 기분은 나아지지 않았다.

지각을 할 뻔했다. 늘 한 시간쯤 먼저 일어나 밥을 해 놓고 기다리던 여자가 끝내 깨지 않은 탓이다. 여자는 아직 자고 있을 것이다. 면박을 주며 깨우고 싶은 생각도 있었지만, 시간도 없을뿐더러 어젯밤부터 상태가 안 좋은 듯해서 그대로 두었다. 아침을 먹는 사치는 물론 기대할 수 없었다.

엘리베이터를 탈까 계단을 달릴까 망설이다 엘리베이터를 탔다. 친구 어머니를 만났다. 한 손에는 목욕 가방이, 한 손에는 지갑이 들려 있었다. 며칠 안 감은 듯한 머리가 아무렇게나 묶여 있었다.

꾸벅 목례를 했다. 고개를 끄덕이며 말씀하신다.

"키가 더 큰 것 같네?"

"네, 조금 컸어요."

"이제 '엄마'랑 비슷하겠구나? 참, 엄마 안녕히 계시니?"

"예."

"딱하기도 하지……. 아줌마가 얼굴 좀 보자더라고 전해라."

딩동, 1층입니다. 문이 열리자마자 그럼 안녕히 가세요, 하고는 도망치듯 달렸다. 여자는, 동정을 받는다. 여자는 동정을 받는다. 나는 그녀를 동정하지 않는다. 그녀가 동정받는 이유는 대체 무엇인가? 여자를 동정하지 않는 나로서는 알 수 없는 노릇이다.

아파트 단지를 벗어나고도 한참을 더 달린 후에야 멈춰 서서 숨을 돌렸다. 도망치고 싶은 기분은 그래도 가시지 않았다. 달리다 멈추고, 또 달리고. 그러다 보니 학교에 닿았다. 덕분에 지각을 면했다.

여자가 설거지를 하는 동안 아빠는 나와 입씨름을 벌이고 있었다. 아니, 내가 일방적으로 아빠를 몰아붙이고 있었다. 문제는 저녁 밥상에 올라온 국이었다. 아빠와 나는 둘 다 국이 없으면 밥을 못 먹는데, 여자는 국을 정말 못 끓였던 것이다.

"콩나물 들어가면 아무거나 콩나물국이야? 이러면 나 밥 못 먹어!"

나는 악을 써 가며 아빠에게 따졌다. 사실 그리 심하게 화가

난 것은 아니었다. 아무리 먹는 게 중요하다고 해도, 국 한 그릇
에 화를 낼 만큼 옹졸하지는 않다.

그러나 모처럼 잡은 귀한 꼬투리였다. 기회를 헛되이 보낼쏘
냐, 나는 기고만장해서 언성을 점점 높였다. 아빠는 나를 달래
느라 진땀을 빼야 했다. 자신이 죄인이라는 듯이, 자기 잘못이
라는 듯이.

"자꾸 끓이다 보면 잘하게 되겠지. 처음부터 잘하는 사람이
어디 있겠니? 네가 참아라."

"참을 걸 참으래야지, 당장 밥을 못 먹게 생겼잖아!"

"네가 참아, 네가."

마지막 말은 내가 아니라 여자에게 하는 소리처럼 들렸다.
아니 어쩌면, 아빠 자신에게 한 소리인지도 모른다. 아빠는 참
으라는 말을 자꾸 되씹으며 외투를 걸쳤다.

"어디 가게?"

"술 한잔하러."

여자가 와서 아빠를 잡았다. 술 사 올 테니 집에서 드시라고
했다. 아빠는 뿌리치며 나가겠다고 고집을 피웠다. 늦지 않게
올게, 하고 웃으며 나갔다. 나는 토라진 척 다녀오시라 인사도
안 했다. 한순간 아빠의 등이 유난히 그늘져 보이는가 싶더니
문이 닫혔다. 여자는 고개를 접은 채 다시 설거지를 하러 들어
갔다.

그때 아빠에게 인사하지 않은 것이 내내 후회가 된다. 다녀오시라고 했으면 정말 그냥 다녀오셨을지도 모르는데. 다녀오셨으면 아깐 제가 심했죠 하고 사과할 수 있었을 텐데.

아랫배가 팽팽하다. 이마에선 식은땀이 난다. 눈 바로 앞에서 아지랑이가 피는 것처럼, 현기증에 시야가 흐리다. 생리통이 이토록 심한 것은 아까 뛰어서 등교한 탓이 크다. 더구나 원래 생리 빈혈도 요란한 편이다.

시큰시큰 허리가 아파 온다. 눈물이 돈다. 짝꿍이 얼굴에 핏기가 하나도 없다며 괜찮으냐고 묻는다. 성가셔서 화를 냈다. 곧 뉘우치고 미안하다고 했으나 토라진 모양이다. 짐짓 신음하며 아픈 시늉을 하자 제깟 계집애, 금세 또 괜찮으냐며 조퇴를 권한다. 아래로 선지가 꿀럭꿀럭 새어 나가는 것이 기분 나쁘다. 결국 조퇴증을 끊어 왔다.

아무도 없는 운동장을 가로질러 교문을 나선다. 찬바람을 맞으니 머리는 훨씬 맑아졌다. 천천히 걸어 지름길로 들어섰다. 아, 그런데 생각해 보니 집에는 여자가 있다. 아직 이른 아침인데 좀 더 버티어 볼 걸 잘못했지 싶어졌다. 이럴 때 어디 하나 갈 곳도 만들어 두지 않은 나 자신이 한심하다.

주머니를 뒤져 보았다. 오천 원짜리 한 장이 나왔다. 아 참, 그러고 보니 생리대가 몇 개 안 남았지. 생리대 사고 면봉 사려면

이 돈으론 모자랄까? 스타킹도 좀 사야 할 텐데.

시내 쪽으로 방향을 바꾸었다. 서두를 이유는 없었다. 발을 끌다시피 하며 천천히 걸어 나갔다. 몇 번인가 생리통에 몸을 꼬며 걷다 보니 어느새 시내였다.

어디에서인지 빠른 템포의 경음악이 흘러나오고 있었다. 덩달아 내 발도 박자에 맞추어 빠르게 움직였다. 거리의 사람들도 비슷한 리듬으로 걷고 있었다. 나는 그 속도 그대로 육교를 건넜다. 음악 소리는 이미 귀에서 멀어져 들리지 않았는데도.

유리문이 열렸다. 하얗고 깔끔한 매장 안 풍경이 눈에 설었다. 나 같은 사람을 위해서인지 친절하게도 표지판이 달려 있었다. '생필품 코너', 내가 쓰는 생리대를 찾느라 한참을 헤매었다. 카운터로 가다가 CCTV에 잡힌 내 모습을 보았다. 아니, 처음엔 나인 줄 몰랐다. 낯설다. 어딘지 그 여자와 닮았다는 생각이 들었다. 혼자서 고개를 회회 저었다.

"4,320원입니다."

유니폼을 입은 남자가 공손히 손을 모은 채 말했다. 누렇고 너덜너덜한 지폐를 건넸다.

"680원 거슬러 드렸습니다, 손님. 안녕히 가십시오."

남자는 마트 로고가 큼직하게 새겨진 봉투에 생리대를 담아 내게 내밀었다. 그 자리에서 가방을 열었다. 카운터를 보던 남자가 눈치를 주었다. 다른 손님들에게 폐가 된다는 것이다. 슬금슬금 물러나니 아줌마 네 명이 우르르 지나갔다. 한쪽으로 비켜나 가방에 생리대를 넣었다. 가방이 빵빵해졌다.

가방을 메고 유리문 앞에 섰다. 자동으로 열리는 유리문에는 알록달록한 팸플릿이 붙어 있었다. 'U-마켓 개장 2주년 기념 大 바겐세일' 내가 나오는 동시에 아줌마 다섯이 들어갔다. 얼마 안 있자 세 명이 더 와서 마트에 들어갔다. 이번엔 남자가 하나 섞여 있었다. 나오려는 사람은 거의 없었다. 아줌마들 넷이 또 들어갔다. 그 가운데 내가 아는 여자와 뒷모습이 참 닮은 사람이 끼어 있었다. 그러나 그 여자는 아닐 것이다. 여자는 저렇게 화려한, 촌스러운 옷을 입지 않는다.

U-마켓 야채 코너에서 알립니다. 쪽파 한 단에 500원, 쪽파 한 단에 500원! 단돈 500원에 쪽파 한 단을, 딱 30분께 모십니다. U-마켓 야채 코너에서 알려 드렸습니다.

안내 방송은 밖에 있는 내게도 똑똑히 들렸다. 지나가던 사람 몇이 홀린 것처럼 매장 안으로 들어갔고 안에서는 벌써 아비규환이 벌어지고 있었다. 어쩌면 여자도 저 안에 있을지 모른다는 생각이 들었다. 어쩌면 나보다 먼저 왔을지도, 혹은 나를 발견했을지도 모른다.

잰걸음으로 육교를 건넜다. 육교에서 내려오고도 한동안은

경보 선수처럼 걸었다. 사타구니가 따뜻해졌다. 종아리가 당겨
올 때쯤 멈추어 약국을 찾아 들어갔다.

"면봉 주세요."

"300원."

면봉을 받아 주머니에 넣고 나왔다. 약국 옆에 보석상이 있
었다. 보석상에 걸려 있는 시계들은 아날로그고 디지털이고 할
것 없이 일제히 10시 51분을 가리키고 있었다. 진열대 한쪽에
햄버거 모양 시계가 놓여 있었다. 배가 고파졌다. 집에 여자가
있건 여자 할아버지가 있건 이제는 돌아가련다.

"다녀왔습니다."

평소 같았으면 후닥닥 달려 나와 왜 초인종을 누르지 않았느
냐며 나를 다그칠 여자가, 오늘은 웬일인지 얼굴도 비치지 않는
다. 하나도 이상하지 않았다. 그 여자는 언제 이 집에서 없어져
도 이상하지 않다고, 늘 생각했었다.

노파심에 안방 문을 열어 보았다. 침대에 여자가 누웠던 자
리가 흐트러진 그대로 있었다. 짐을 싼 흔적 같은 것은 없었다.
이상한 일이었다.

내 방으로 돌아가 가방을 내려놓았다. 까만 발끝에 살색 동
그라미가 눈에 띄었다. 또 스타킹에다 빵꾸를 낸 것이다. 스타
킹을 벗었다. 징그럽도록 긴 발톱이 드러났다. 불었을 때 깎으

195

라던 여자의 목소리가 새삼스레 생각이 났다.

생리대를 하나 들고 나와 욕실 문을 열었다. 욕조에 여자가 죽은 듯이 누워 있었다. 소리를 지를 뻔했다. 여자는 그 상태로 잠이 들었는지 내 기척에도 반응이 없었다. 욕조 물에 손을 담가 보았다. 미지근하다. 몸을 담근 지도 꽤 된 모양이다.

나는 여자가 깨지 않도록 살금대며 엉덩이를 까고 변기에 앉았다. 다리 사이에 검붉은 핏덩이가 나타났다. 살살거리며 그것을 떼어 내고 새 생리대를 뜯었다. 나 때문일까. 여자가 몸을 뒤척였다. 여자의 배가 물 위로 살짝 드러났다.

여자의 배는 단단히 부풀어 있었다. 눈에 띄게 많이 나온 것은 아니었지만, 사방으로 팽창한 배꼽과 배꼽 아래 터진 살이 배가 나온 까닭을 이야기하고 있었다. 여자의 긴 팔다리에 불룩한 배는 영 어색했다. 반투명한 피부 아래 혈관들이 비쳐 어쩐지 좀 징그럽기까지 했다.

고개를 돌렸다. 얼른 내 볼일을 마치고 욕실을 나와 소파에 웅크리고 앉았다. 어젯밤, 여자가 구역질하던 것이 생각났다. 여자가 요즘 유난히 잠이 많아진 것이 생각났다. 여자를 딱히 여기던 친구 어머니가 생각났다. 여자가 숨을 쉴 때마다 오르락내리락하며 두근두근 박동을 하던 동그란 배가 눈에 선했다. 내 가슴도 같이 뛰기 시작했다.

한참 만에 여자가 욕실에서 나왔다. 늘 입는 흰 민짜 원피스

196

를 입은 채였다. 나는 여자의 배를 똑바로 보았다. 그동안은 왜 몰랐을까 생각했다. 여자도 나를 보았다. 조금 놀란 듯하더니 머리를 털며 내게 말을 걸어온다.

"벌써 왔니?"

"예."

"밥은 먹었고?"

"아니요."

여자는 수건을 팽개치고 허둥대며 싱크대로 달려갔다.

"어떡하니? 아침도 못 먹었을 거 아냐. 잠깐만 있어 봐. 미안하다."

나는 여자의 뒷모습을 보다가 내 발끝을 보다가 하며 혼자 조용히 속을 끓였다. 하고 싶은 말이 있었다. 지금이 아니면 할 수 없을 것 같은 말이 있었다. 나는 입을 달싹달싹 움직여 보았다.

"저……어."

나는 두 무릎을 꼭 안았다. 여자를 부를 수 없었다. 어떤 식으로 불러야 하는지는 이미 알고 있었지만 그럴 수 없었다. 여자를 부르는 일에는 생각보다 많은 용기가 필요했다. 나는 다시 내 발끝을 보았다. 하얀 비계 같은 엄지발톱이 엄지발가락 밖으로 길게 비어져 나와 있었다. 여자에게 보여 주지 않은 오른손에는 손톱깎이가 있다. 지금이 아니면 이 말은 할 수 없다……!

"발톱 깎아 줄게요!"

197

나도 모르게 귀먹은 사람에게 하듯 소리를 질렀다. 여자가 돌아보았다. 아, 콧김이 왜 이렇게 뜨겁지? 나는 숨소리를 죽이려고 애쓰며 여자에게 손짓을 했다.

"붙었을 때 깎아야지요."

괜히 얼굴이 달았다. 차차 여자의 얼굴에 웃음기가 돌았다. 여자가 걸어와 내 앞에 앉았다.

"자."

발을 내어 민다. 나도 손을 내밀어 여자의 발을 감싸 쥐었다. 내 손이 뜨거운 건지 여자의 발이 찬 건지, 아무튼 아주 서늘한 느낌이었다. 여자의 발톱은 나만은 못하지만 제법 길었다. 손톱깎이를 갖다 댔다. 여자의 발톱은 물에 퉁퉁 불어서 말랑말랑했다. 여자가 목멘 소리로 말했다.

"너무 바짝 깎으면 안 돼."

곁눈질로 여자를 보았다. 여자도 나만큼이나 긴장한 얼굴이었다. 발톱 깎는 것이 이렇게 대단한 일일 줄은 꿈에도 생각 못했다. 손가락을 천천히 움직였다. 둔탁한 소리가 나며 여자의 일부가 잘려 나가고 있었다.

나는 여자가 침 삼키는 소리를 들었다. 나도 침을 삼켰다. 왜 이럴 때 눈앞이 흐려지는 걸까? 나는 소매로 눈을 여러 번 문지른 뒤 다시 한 번 손가락을 오므렸다. 드디어 첫 발톱이 다 잘렸다.

두껍고 불투명한 깍지가 여자에게서 떨어졌다. 나는 그 밑에 있던 동그맣고 불그레한 새살을 보았다. 눈물이 나도록 연하고 깨끗한 살이었다.

(2006)

작가의 말

　3부 수록작을 공개하는 데에는 많은 용기가 필요했다. 이미 대산청소년문학상 수상 선집에 수록되어 공개된 적 있는 작품이지만, 그로부터 대략 20년에 가까운 시간이 흘렀고 이 작품들을 모르는 사람이 아는 사람보다 훨씬 많은데, 순조롭게 잊히던 흑역사를 굳이 내 손으로 발굴해 올리는 것 같은 느낌이 들어서다. 하물며 최근에는 청소년기에 내게 상을 주었던 대회들에서 심사를 맡고 있는데, 대회에서 만날 청소년 참가자들이 이 작품들을 보고 오면 어떡하나…….

　「가시」와 「발톱」은 각각 내가 고등학교 3학년, 2학년이던 때에 쓴 작품이다. 작품이라고 부르고 나니 좀 더 용기가 난다. 지금 보면 부족한 점도 많지만 나는 이것들을 '작품'이라고 믿으며 썼고 여전히 그렇게 믿는다. 진지하게 소설가를 꿈꾸기 시작한 시기에 「발톱」을, 그러려면 좋은 대학에 가야 한다고 믿던 때에 「가시」를 썼다. 두 작품 사이에는 대략 반년 정도의 시차가 있다. 이 무렵에는 한 달에 한 편꼴로 단편을 썼다. 학업이 본업이고 작업이 부업이던 시절인데 전업 작가인 지금보다도 성실했던 것 같다.

나는 청소년소설에 몇 가지 갈래가 있다고 보는데, 청소년이 주인공인 소설, 주인공이 청소년은 아니지만 청소년이 보기에 적합한 소설, 청소년이 직접 쓴 소설로 나눈다. 많은 사람이 세 번째 갈래의 존재를 모르거나 잊고 있거나 고의로 무시하는 경향을 보인다. 청소년기부터 소설을 써 온 나조차도 간혹 내가 쓴 세 번째 갈래의 청소년소설을 쑥스러워하니 크게 할 말은 없다. 다만 청소년은 소설을 쓸 수 있고, 소설 쓰던 청소년이 결국 소설가가 되는 일도 드물지 않게 일어난다는 말을 하고 싶었다. 아직 소설을 써 본 적 없는 어떤 청소년이 이 작품들을 보고 나도 할 수 있을 것 같다고 생각해 준다면 더 바랄 게 없겠다.

가시

「가시」의 배경은 강원도 철원이다. 주인공이 동송 버스 터미널행 버스표를 사는 장면이 나온다. 동송 버스 터미널은 나에게 철원에서 가장 친숙한 공간 중 하나다. 소읍에서도 손꼽히게 작은 마을에 살던 내가 학교 가는 길에 꼭 지나치게 되는 랜드마크, 다른 도시에서 열리는 백일장에 참가하려고 고속버스를 타던 기억들.

자라는 동안 나는 나의 많은 점을 부끄러워했고 그 중에서도 고향이 가장 부끄러웠다. 소설을 쓸 때 나와 가까운 소재는 가능한 배제하려 애썼고 그러다 보니 무리해서 잘 모르는 것, 어른스럽고 멋진 것에 대해서만 쓰려는 경향이 생겼다. 내가 잘 아는 방향으로 눈을 돌린 건 상을 타고 싶다는 욕심 때문이었다. 부끄러워도 내 것을 쓰자, 그래야 더 진정성 있는 소설을 쓸 테니까, 그러면 상을 탈 수 있을 테니까. 속되고 탐욕스러운 마음이지만 그 마음이 옳았다고 생각한다.

나는 대산청소년문학상 본선 캠프에 두 번 참가했고 두 번 다 입상했다. 「가시」가 입상했을 때 심사위원 선생님께서 "철원에서는 문재(文才)가 많이 난다. 이태준이 있었고, 김소진이 있었다. 그다음은 네가 되어라."라는 말씀을 해 주셨다. 이 말씀이 너무 좋아서 나는 작가가 되어 내는 책마다 작가 소개에 '철원에서 태어났다.'는 말을 쓰고 있다. 철원의 특산물은 문필가고, 그중 하나가 나라는 의미다.

발톱

어릴 때 나의 자랑은 '글을 잘 쓴다.'가 아니라 '책을 많이 읽는다.'였다. 하루에 두 대밖에 다니지 않는 버스를 타고 초등학교 1학년 때부터 혼자 도서관에 다녔다. 도서관에서 『롤리타』를 발견한 건 중학생 때다. 이 소설의 윤리나 작가의 의도에 대해 생각하기에는 어렸고, 첫 문단을 읽는 순간 감전되는 듯한 충격을 받았던 것만 기억난다.

고등학생이 되어 스탠리 큐브릭의 영화 「롤리타」를 보았다. 큰 감화를 받지는 못했지만 한 장면만큼은 기억에 남았다. 주인공 남성이 의붓딸의 발톱에 페디큐어를 칠해 주는 장면이다. 저 구도를 기초로 해서 내가 더 나은 걸 쓰고 말겠어. 대략 20년 전인데도 기억날 정도로 패기가 넘치는 기획 계기다.

이 무렵에 쓴 습작들 대부분의 주인공이 여성이다. 어머니, 언니, 나로 이어지는, 변형 3대 서사인 「가시」와 젊은 계모와 나 사이에 형성되는 친밀감을 그린 「발톱」이 그렇듯. 소싯적부터 여성 연대에 관심이 많았다고 하면 과대 해석이 되겠지만, 무심코 이런 이야기들을 쓰고 만 이유는 내게 그것이 필요했다는 의미라 풀어도 무리는 아닐 것이다. 거칠고 서툴지만 이것이 내 원점이다. 약소하고 부끄럽지만 누구도 침범할 수 없는 내 고유한 원형이다. 이 사실에 나는 일정한 자부를 품고 있는 것 같다.

수록 작품 발표 지면

- 「솔직한 마음」, 『A 군의 인생 대미지 보고서』, 창비교육, 2022.
- 「안녕, 장수극장」, 『캐스팅』, 돌베개, 2022.
- 「엄마만큼 좋아해」, 『아이의 슬픔과 기쁨』, 서해문집, 2022.
- 「보름지구」, 『한겨레』, 2021년 9월 18일 자.
- 「고ー백ー루ー프」, 『그래서 우리는 사랑을 하지』, 돌베개, 2021.
- 「가시」(제15회 대산청소년문학상 소설 부문 금상 수상작), 『새우 꼬리 은상어』, 민음사, 2007.
- 「발톱」(제14회 대산청소년문학상 소설 부문 동상 수상작), 『박쥐의 중력 거부 제1강』, 민음사, 2006.